一切为了孩子
为了一切孩子
为了孩子的一切

湖北省公益学术著作
Hubei Special Funds 出版专项资金
for Academic and Public-interest
Publications

连云山的铃声

肖静 著

繁星书系

FanXing ShuXi

长江出版传媒 | 湖北教育出版社

校训：美言 美行 活泼 向上

目 录

序章　人一生的43年

虽然我在三年前写过一个关于大山包孩子的小说，却深感自己对大山里的孩子了解太少。2021 年 9 月，我向一位在岳阳工作的写报告文学的朋友打听，能否介绍一所小学去看看。朋友很快回话说，已联系了平江县教育局的朋友，说是幕阜山脉的大山里有几所特殊的学校可以去看。我 16 岁那年曾和同学们去过岳阳楼和君山，后来再没到过岳阳，更没去过平江。我们立刻约定时间，五天后就去。就这样，平江教育局的朋友陪我们一起去了一脚踏三省（湖北、湖南、江西）的天岳关，沿着山路，我们依次看了天岳关教学点、余丽华学校和连云山脚下的大岩小学。

湖南省岳阳市平江县加义镇连云村的大岩小学，准确地说，是一个复式教学点。教学点的校长、班主任、语文老师、数学老师、科学老师、书法老师、体育老师、美术老师、劳动老师、生活老师，还有门卫、保安、修理工、清洁工、服务员、厨师等，全是一个人。这个人就是胡厚兴。

胡厚兴年近花甲，中等个子，皮肤有点黑，发际线生得很高，相貌平常得不能再平常。他走在连云村，外来的人看到他，肯定以为这是一位普通村民，绝不会想到，他是在这个地方教了四十多年书的教师。他跟我们握手的时候，总要弯一下腰；合影的时候，他就往旁边站；走路的时候，他跟在后面，让我们先走。

胡老师的办公室很简陋，墙上一条横幅：一切为了孩子，为了一切孩子，为了孩子的一切。一张老式办公桌油漆已掉光，几把椅子油漆斑驳。胡老师说，办公桌跟随他至少40年，舍不得换，想用到退休。

到了教室，胡老师说："来，肖老师，为孩子们上节课吧。"等胡老师出了教室，我翻开讲台上的课本，问："同学们，今天上到哪一课了？"

一位同学说："我们刚上完课文《小白兔和小灰兔》。"

我先把课文读了一遍，告诉同学们怎样做到生动地朗读，然后请同学们分角色朗读。

阳光穿过门窗，照到教室里。十双充满纯真的眼睛专注地望着我。左边五位是一年级学生，右边五位是二年级学生。原来这就是复式教学班，胡老师每天为孩子们上课，都会将一节课的时间一分为二，各二十分钟。也就是说，胡老师每天从进校门开始到孩子们放学回家，上完语文上数学，上完数学上美术，上完美术上科学……上完一年级的课，再上二年级的课，一直不停。

同学们有的演小白兔，有的演小灰兔，绘声绘色地大声朗读，争先恐后与我互动，没有一点陌生感和拘束感。

讲完课，我同胡老师聊了聊。他自 1979 年当老师，至今已 43 年了，一直在连云山教书。他患有风湿性坐骨神经痛，发病时靠椅背支撑身体；患有植物神经紊乱导致的胸口疼，经常拉开抽屉抵住胸部坚持上课。这些严重的病痛，没能阻挡他每天上课，40 多年来，他从没请过假。他一直坚守在山村，默默为家乡的孩子们服务，为山村的未来而忙碌。60 年间，他只去过长沙、南昌和北京。

胡老师语速很慢，每句话之间都会停顿很长时间。长到什么程度呢？正常情况下，这个时间，别的人已经说了十句话。原来，胡老师还患有严重的神经性咽喉炎，很多时候，说不出话来。

我有点奇怪：作为老师不能说话，怎么教书呢？我跟胡老师加了微信，请他在微信上用文字与我交流，接受我的采访。

胡老师说，孩子们正在等他上课，不能拖延太久。

我们打算离开学校时，突然听到身后有人喊："肖老师，我要送给你一份礼物。"

礼物？我没反应过来。来的时候，我将车里的一箱童书送给了同学们，但我没想过同学们会给我礼物。

回过头，只见两位女生正对我微笑，两张小脸像鲜花一样可爱，小手上分别捧着一张折叠成火柴盒大小的白纸。我弯下腰，接过来打开。那是两幅画，一幅画的是彩虹、爱心、小花、气球，另一幅画的是彩虹和蓝天。两幅画上都用彩色笔写着“肖老师我喜欢你”。我心里滚过一股感动的热浪。

“你们画得可真好……要是把你俩的名字写在这个地方，就更好了。”我指着落款处说。孩子们迅速从我手心把画拿走，一转身，飞快地跑了。我呆在原地，胡老师轻声对我说：“她们到教室去了，可能要去补写名字。”

我和胡老师一起上二楼教室，果然，她俩正在课桌上一笔一画地写：大岩小学罗玥瑶、大岩小学黄晨曦。

胡老师走过去，温和地问：“你们为什么要给肖老师送礼物呀？”

罗玥瑶红润的小脸笑起来，露出洁白的牙齿：“因为我喜欢肖老师。”黄晨曦白白的皮肤，大眼睛扑闪扑闪的，有点害羞地说：“我也喜欢肖老师。”

胡老师说：“告诉肖老师，你们画的是什么，好吗？”

罗玥瑶指着图画说：“彩虹，代表美丽、美好；两颗爱心，代表爱；两朵小花，代表喜欢；蓝气球的意思是‘送给你’。”黄晨曦在一旁腼腆地附和。

回武汉的路上，我反复思考一个问题：人的一生有几个43年？胡老师却用自己的43年，坚守山村，把所有的爱都给了孩子们。我除了感动，还有震撼。胡老师即将退休，我决计把他的事记录下来，作为一件礼物送给他。

胡老师不止一次跟我说：

“我读书没成气候，工作没什么成就，我好平凡嘞。”

“我是一根朽木，雕不出花的木头。”

“像雷锋那样，我是没做到的。”

“我的岗位太平凡，我从事的工作太底层，我做的事太小太小，几十年过得很普通，造就了我普通的一生。其间曲折的故事几乎为零，我的一生真的太平凡了！”

胡老师想表达，他很平凡。然而，我的脑子里却反反复复跳动两个词：平凡、伟大。

有时想，我是不是冒昧了？采访胡老师，就会打扰他，占用他很多时间。他原本就忙，又有那么多病，他的身体受得了吗？我从没考虑过他是怎么想的。后来胡老师说，他愿意把40多年的从教经历都告诉我。

采访难度迎面而来：胡老师每天要上一整天课，神经性咽喉炎导致他不能长时间讲话，他又不会用电脑打字，眼睛老花看手机困难，再加上他的湖南平江口音有的地方还是难懂，尽管我是湖南人，但我老家的口音与平江的区别很大……怎么办？

胡老师是个实在人，每天放学后做完全校清洁，如果天还没黑，就再工作一小时，将他的经历写在练习本上，然后通过微信拍给我。

人一生的60年哪，以这样的采访方式所得到的信息是极其有限的。我不想把采访周期拉得太长，于是决定再去连云山……

查导航地图，到连云村，经过京港澳高速、杭瑞高速、武深高速，全程300多公里，一直开车，得四个多小时，如果中途稍作休息，就得五个小时。

到大岩小学时，孩子们正在进行大课间活动，一位同学发现了我。“肖老师来了，肖老师来了……”他们一起热烈地朝我大喊，并向我飞奔而来。那一刻，我心里涌动着一股说不出的感受。开心？激动？感伤？都不准。我找到一个词：融化。

冬天的连云村风景如画：收割后的稻田，坦荡地露出谷黄色稻秆；油菜绿得养眼；纯溪缓缓流动，清澈见底，衬得山中格外幽静。

“您的家乡真美！”

胡老师笑着说：“建议您像画眉一样，自由地飞，这样才会了解真实的连云山。”

我怎么可能变成一只画眉呢？变成画眉是不可能的，但我可以到村子里、到学生家里、到乡亲们那儿转一转，深度了解连云山，然后告诉读者，中国有一座连云山，连云山有一所学校，这所学校只有一位老师。

2022年1月16日

第一章

想办法也要上课

1
无声地讲课

2004 年 4 月的一天，胡厚兴在上最后一节课，讲着讲着，突然感觉喉咙里好像有一股气顶上来，堵着，声音出不来。他喝了口水，翕动嘴唇，还是发不出声，有点作呕，想吐。

这种情况，2003 年下学期发生过多次。那是开学后的第一个月，胡厚兴总感觉喉咙里像是被水呛了，颈部有点发胀，偶尔还有麻木感。不能好好说话，怎么讲课呢？他连忙到村卫生室买了西瓜霜含片，含后没效果；又到当地大药房买了草珊瑚含片、穿心莲和清火栀麦片等药，吃了几天，还是没效果。胡厚兴从小跟爷爷学过一点中草药知识，他从药店买来鱼腥草、蛇舌草、天青地白、绞股蓝等泡水喝，都不起作用。

拖到星期天，胡厚兴去岳阳市平江县人民医院挂了耳鼻喉科主治医师吴医生的号。吴医生通过检查，对胡厚兴说："你的声带增厚，咽喉炎很严重了。除了吃药，还要禁烟酒、不吃辣，最关键的是要禁声。"

胡厚兴从不吸烟喝酒，炒菜可以不放辣椒，这都不存在问题，可要他禁声，倒是为难了。教师不说话，就无法给学生们上课啊，这岗位怎么能禁声呢？

一个多月后，胡厚兴利用星期天去了长沙的中南大学湘雅医院。医生给他做了仔细检查，他被确诊为神经性咽喉炎。医生对胡厚兴说："你所有的症状都是神经性咽喉炎的表现，咽炎问题相当严重啊，要尽快对症治疗。这个病主要是压力过大、精神过于紧张，或者睡眠不足等引起焦虑造成的，除了在治疗上用些药，还要进行全身调整。调整是综合方面的，包括充足的睡眠、足够的营养、宽松的精神状态、缓解压力紧张等。其次是饮食要清淡，多吃蔬菜、水果，多喝水，尽量避免吃辛辣食物，尽量少吸烟、饮酒。关键要禁声，只有禁声，才有可能好转。”

胡厚兴对于医生要求他“禁声”的话，没放在心上，他觉得自己还没那么娇气，相信服药一样可以达到治疗效果。

此时，胡厚兴端起茶杯，又喝了一口水，费了很大劲调动喉肌，嘴张了几次，还是没声。孩子们安静地眨动眼睛，看着他……

天边夕阳缓缓下沉。吃过晚饭，胡厚兴到屋前场坪，把晒衣架上干透的衣服收下来，往屋里放。场坪有一百多平方米，眼前并排的三棵苦楝树是奶奶早年让他种的，山里风大，苦楝树长得快，可以挡风。一棵杉树笔直挺立，这是连云山较多的一种树。沿土坡往下，散落着梨树、猕猴桃树、山楂树、樱花树、椿树，还有两棵喜树。喜树也长得快，枝叶茂盛，华盖舒展。往前是一口池塘，鸡在地上啄着，鸭和鹅在池塘边嘎嘎地叫。妻子宋珍瑜把两只食盆放到地上，鸡鸭鹅们飞快地扑过去，大快朵颐。

远方是连云山连绵的山峰，山上罩着一层雾气，随着日落，山影渐渐朦胧。胡厚兴把手插在口袋里，出了门，沿着右边土坡往下走。

胡厚兴上学时，研究过连云山。它海拔1600多米，是岳阳市第一高峰。连云山脉斜跨湘赣边界，西南方起于湖南省长沙市浏阳市西北部，腹地在岳阳市平江县加义镇献钟乡南部的连云村——正是胡厚兴的家乡，然后经江西省铜鼓县北部，东北方直达修水县西部；因主峰常见云雾缭绕，故名连云山。连云山三面群山起伏，一面平川蜿蜒，山间林深竹茂，在平江县的部分，山脉面积600多平方公里。

革命战争年代，连云山是湘鄂赣红军游击队开展游击战争的大本营，至今还保留着月光岩、红军灶等革命遗址，既有古老神奇的传说，又有秀丽的自然风光。胡厚兴非常喜欢家乡连云山，常常为美丽的连云山感到骄傲。他也喜欢环绕着家乡的小河——纯溪。

纯溪是连云山最著名的一条溪河，胡厚兴20多岁时曾去过一次纯溪小镇，潺潺流动的溪水，形状各异、大小不同的岩石，似玉如银的瀑布，惊险刺激的吊桥，繁盛青绿的树木，烂漫绽放的野花，别有洞天。

纯溪由连云山飞泻而下，到达加义镇大岩村时，河道骤然出现200米的地陷断层，因落差形成汹涌的溪水，突变为一帘瀑布。白练垂空般的瀑布在急剧下落时，碰到巨大的岩石，形成两个十多平方米的深水湾，形状就像灶台上的两口大锅。瀑布形成的急流，先是冲到前面的锅，前面的锅边被岩石封堵，水流遇到前锅后又倒灌到后锅，并从后锅的石缝中冲出来，形成“前锅挽后锅”的奇妙景象。纯溪由东向西，从连云山经过灶门洞，流到大岩村，再从大岩村经 4.5 公里流往加义镇献钟乡，一路直奔平江，汇入汨罗江。

此时，纯溪边的楠竹在风中哗哗作响，樟树上开满了黄色小花，散发出好闻的香气，杉树、枫杨树、桂花树、狗骨树枝繁叶茂、郁郁葱葱……溪水清澈见底，缓缓流淌，发出轻柔的响声。

胡厚兴心里空落落的，无意欣赏这些。他怪自己没按医生的要求禁声，转而一想，禁声了怎么讲课？讲不了，难道让学生天天上自习不成？请学区安排新老师来？一时半刻能来吗？哪有那么容易？虽说连云山很美，可是谁愿意放弃城市生活到这穷山沟代课呢？再说，代课又能代多久？学生们早已适应了他的讲课方式，来一位新老师，学生们又得重新适应，说不定，刚适应了，又要换新的老师，频繁换老师，岂不影响学生们学习吗？胡厚兴记得 1993 年下学期，学校换了三任代课老师。来了一位，先代一个月课，走了；又来一位，没代多久又走了；再来一位……正是那年，胡厚兴辞去小岩小学的教导主任，决定来大岩小学。

心问口，口问心。孩子们求知的眼神一直在眼前晃，胡厚兴对自己说：决不能耽误上课，一节课也不能耽误。

他背着手，低着头，沿着纯溪往村口方向慢慢踱着。多年前，紧邻村子的这一段纯溪是从大岩村口流往案山方向，撒开半圆形弧线后，绕回小岩村口的。时任献钟公社党委书记龚正林决策，将这一段半圆形河道改成一条直线。疏直河道，既可减轻、减少洪涝灾害，又能缩短河道和公路，占地面积少，老河还能还田，增加耕地面积。

胡厚兴想，纯溪可以按照需求改道，他的教学方式能不能改变呢？想到这里，他似乎有了答案。

这天夜里，胡厚兴喉咙干疼，咳嗽，睡不着。他左思右想，决定从次日开始禁声，为学生们进行无声教学，即使不发声，也要让学生们搞懂、学好、弄透。

妻子宋珍瑜劳作了一天，睡得正香。胡厚兴每天在学校上课，所有家务和农活儿都由妻子承担。

他们家的菜地一块一块地分布在几段山坡上，四面八方都有。三四亩水田要人管，还要做饭，喂猪、喂羊、喂鸡、喂鸭、喂鹅，一天下来，辛苦得很。胡厚兴怕吵醒妻子，轻手轻脚翻身起床，来到客厅。墙上挂着吴午如先生赠送的书法作品“忠厚传家”，下面是8岁孙女胡馨荣获的三四排十几张“特优学生”“全能幼儿”“智慧之星”等奖状。胡厚兴找出备课纸，在上面写下次日上课预备提出的问题，又在硬纸壳卡片上写下次日要教的生字。写完这些，他这才安心躺下。

第二天清早，胡厚兴比往常提前一个小时到学校，首先到讲台，拿出粉笔，把讲课内容分别写在小黑板上，又在大黑板左上角写下常规用语：

上课 下课 课间休息 课间互动

“胡老师早！”“早上好，胡老师！”学生们陆续到了。

孩子们的笑容可以融化一切烦恼，胡厚兴心情好多了。他和学生们最初有个约定：每天进校门，互道早安。今天，他无法说话，微笑着一一向学生们挥手致意。

上课时间到了，他走向楼梯入口，拿起小铁棍敲响了铁环：“当当当，当当当，当当当……”

进入教室，胡厚兴用粉笔在“上课”旁打钩，然后伸出左手由下往上抬。

这几天胡老师说话困难，学生们都看在眼里，他们会意了：胡老师这是要用一种新的方式上课呀。班长喊：“起立！”学生们一起站起来，声音比平日大了许多：“老师好！”

胡厚兴将小黑板挂到大黑板上：读拼音，写词语。然后，他又在黑板上写：你们能看懂意思吗？

“看得懂。”“看懂了。”孩子们根据拼音在本子上写出词语，大声念：“读拼音，写词语：傍，傍晚；春天；青蛙……”

胡厚兴又挂上一块小黑板。

“辨字组词——”孩子们大声念着，“但，但是……凳，凳子……”

胡厚兴在教学中设计了“自问自答，互送礼物”阅读实践环节，这是以前演练过的。阅读能发展孩子们的思维能力，提高孩子们的语言表达能力；“自问自答，互送礼物”可以培养孩子们的阅读兴趣。所谓的“自问自答”就是在语文教学中抛给孩子们一篇课文，孩子们读了课文后，能提出一些问题，然后根据课文内容，回答提出的问题。要能自问自答，首先必须读顺、读懂课文内容，要达到这个要求，又必须认识生字、理解词语意思，久而久之，孩子们便会养成爱读书、勤思考的好习惯。

他走到学生黄敏身边，将事先写好的卡片指给她看，上面写着：你想把礼物送给谁？胡厚兴伸出右手由下往上，示意黄敏回答。

黄敏接过卡片站起来，说：“我要把礼物送给漆珊珊同学。为什么小刺猬要给小獾苹果呢？”

最近学的课文《称赞》，讲述的是小刺猬和小獾的故事。小獾做板凳得到小刺猬的称赞，于是，原本有点泄气的小獾将板凳做得一个比一个好，它觉得是小刺猬的称赞给了它力量，就想送一个板凳给小刺猬以表示感谢。小刺猬得到小獾的板凳，就从背上取了两个大苹果送给小獾。这一对好朋友都非常开心。

漆珊珊站起来回答：“因为小獾给了小刺猬一个

板凳。”胡厚兴拿出卡片递给黄敏，上面写着：你对他（她）的回答满意吗？

黄敏说：“我对漆珊珊的回答满意。”

漆珊珊接着说：“我要把礼物送给余小明。小刺猬为什么称赞小獾呢？”

余小明站起来说：“因为小獾做的板凳一个比一个好。”

胡厚兴拿出卡片递给漆珊珊，上面写着：你对他（她）的回答满意吗？

漆珊珊回答：“我对余小明的回答满意。”

胡厚兴一个一个对孩子们竖起大拇指。假如漆珊珊对余小明的回答不满意，就会把礼物送给下一位同学，直到同学的回答让她满意为止。所谓满意，其实就是得到一个较为标准的答案。孩子们在“互送礼物”的过程中，将课文理解得更透了。

接着，胡厚兴从讲台上抽出一张卡片，指着卡片上的“夏”字，在黑板上写“请组词”，然后伸手向前示意学生回答。

学生们齐声回答：“夏，夏天。”

胡厚兴又拿出一张卡片，上面写着“蛙”字。

学生们齐声回答："蛙，青蛙。"

…………

孩子们每回答一个问题，胡厚兴都用力点头表示赞许，并不断地冲着他们竖大拇指。

下课时间到了。胡厚兴在"下课""课间休息"下面分别打了钩。

学生们一窝蜂地围上来，一位女生双手端起胡厚兴的茶杯递给他："胡老师，快喝水。"

胡厚兴感激地微笑着，连忙伸出双手接过杯子——胡厚兴在教学生礼仪时告诉他们要双手递水，他当然也要双手接。他认为，学生的模仿能力很强，老师就像学生的镜子，更应做好镜中人。

余小明笑眯眯地说："胡老师，您上课不讲话，我也很喜欢。"

胡厚兴在纸上写：你们习惯吗？

漆珊珊说："我没有觉得不习惯。"

胡厚兴在纸上写：影响学习吗？

黄敏说："不会影响，我还觉得挺好玩的，生字一下子就记住了。"

胡厚兴会心地笑了。他觉得孩子们懂事了不少，随手拿粉笔在黑板上写：我被你们爱学习的精神感动了！

…………

就这样，胡厚兴坚持用无声教学法将一个学期的课程全部教完，并按规定时间组织期末考试，直到学生放假了，才住进医院。经过一个多月的治疗，病情得到控制，他出院时，医生再三叮嘱：注意休息，最好不说话；如果非得说，要尽量少，尽量轻。

后来，胡厚兴的咽喉炎一直好不了，他的咽喉炎严重的地方在于讲着讲着就没声了。遇到这种情况，胡厚兴就喝口水，含在嘴里，调整几分钟，再讲。如果实在讲不出话，他就采用无声教学法。在他实施无声教学法后，孩子们的成绩没有丝毫下降，反倒是“自问自答，互送礼物”教学法，明显提高了学生们的阅读能力。

这是让胡厚兴感到欣慰的事。

通往大岩的路

公路对面就是大岩小学

纯溪小镇风景区

通往连云村的纯溪

胡老师家

胡老师家客厅墙面

胡老师和父母、妻子

胡老师家厨房

2
全科老师

夜色渐渐散去，薄雾中的溪流像一条玉带，一边奔跑，一边嬉戏，一会儿撞撞河床浅滩，一会儿摸摸河底石头。喜鹊、斑鸠、麻雀、乌鸦、画眉，还有一些不知名的鸟儿，啾啾，喳喳，叽叽，从这边河岸枝头飞到对面河岸枝头，再从对面河岸枝头飞到这边枝头，如同走T台的模特，精灵一般地在空中画着S线，好像就是要把太阳从东边快点吵醒。

胡厚兴的一天，是从当“门卫”开始的。他每天至少提前半小时到学校，打开校门立刻扫操场，待他将落叶扫清，孩子们就陆续进学校了。

教室里，好像飞进了十只鸟儿，叽叽喳喳。这个时间是晨读课。

“白日依山尽，黄河入海流。”是一位女生的声音。一位男生连忙接着往下背：“欲穷千里目，更上一层楼。”

一位男生读：“朝辞白帝彩云间，千里江陵一日还。”另一位男生大喊：“两岸猿声啼不住，轻舟已过万重山。”

“我还会背一首，你们肯定不会。”

“那不一定。你起头吧。”

“行。岱宗夫如何？齐鲁青未了。造化钟神秀，阴阳割昏晓。荡胸生曾云，决眦入归鸟。会当凌绝顶，一览众山小。”

“我也会……钟神秀，阴阳割昏晓。荡胸生曾云，决眦入归鸟。会当凌绝顶，一览众山小。”

双目对视，抑扬顿挫，摇头晃脑，小伙伴们一齐背诵完，接着背下一首。一位刚背完，另一位接着诵，声音一位比一位大，大家笑嘻嘻地闹成一团。

孩子们在教室里此起彼伏地背诵，虽说吵闹得很，胡厚兴却不阻拦。胡厚兴从1979年开始当老师，一直到 1993 年，主要担任小学高年级课程的教学工作。从 1994 年 9 月开始至 2000 年，他专门从事小学中低年级教学。2001 年，因落实集中办学，三、四年级并入小岩小学，从此，大岩小学成为一个教学点，一师一校，只保留一、二年级，所有课程采取复式教学法，全由胡厚兴一个人教。在多年的教学中，无论是数学，还是语文，胡厚兴都会不断反思小学课程的教学实践，从失败的教训和成功的教学经验中找到一些适合小学课程的教学方法 。胡厚兴认为孩子们这样背诵古诗，效果会更好，记得更牢。

孩子们在教室晨读时，胡厚兴就把学生逐个喊到讲台前当面批改作业。普通学校一堂课 40 分钟，而复式教学一堂课的 40 分钟要平均分给两个年级，一个年级只能授课 20 分钟。需要掌握的知识点很多，不是每个孩子都能在课堂上完全消化这些知识点。课内完全无法随时指导，只能在课外培训，个别辅导，才能让孩子们透彻理解。胡厚兴就利用晨读时间检查家庭作业，对有薄弱问题的孩子，查漏补缺，一边检查，一边辅导。他要做到每个孩子同步。

胡厚兴经常思考，为什么有的孩子学习不专心，而打起游戏来却从不觉得累？捧着手机就不肯放手？那是因为游戏可以给孩子带来快乐，手机里有许多有意思的东西能满足好奇心。这里面有确定的满足，有不确定的探求。而任凭孩子们开心地背诵，孩子们兴奋快乐，觉得好玩，就会对学习产生强烈的兴趣，提高学习劲头。

“当当当，当当当，当当当……”胡厚兴一进教室，孩子们瞬间安静，起立，大声喊：“老师好！”

“同学们好！今天我们学习‘十几减九’。请翻到书的第 10 页，一起看例 1 图片：有 15 个气球，卖了 9 个，还有几个？我想听听你们知道了哪些信息……来，我们一起摆上小棒吧！”

孩子们把自己的学具摆在桌子上。那是一些塑料小棒，红的、绿的、黄的，或竹制的，十几厘米长，是前一天胡厚兴布置的家庭作业，10 根扎成一捆，代表一个十，其余零散的几根表示几个一；在数学课上，摆一摆，直观，便于理解。

胡厚兴说：“我们摆 15 根小棒，拿走 9 根，看看还剩下几根。是不是 6 根？这是一种计算方法。还有一种计算方法，先从 10 根里面拿走 9 根，还剩 1 根，再把1根加上5根，是不是6根？有谁愿意上来列一列算式？”

一位学生举手，走上来，在黑板上列出算式：15−9=6。

胡厚兴赞许地点头，伸出手，对学生说：“你有数学家的感觉，我们来握握手。同学们，我们给他一点掌声吧！”

“下面，我们同生活相联系，比如说，你有15颗糖，吃完了9颗，还有几颗？”

“6颗。”

“我们再回味一下前天学过的数字，比如3，你们用3给我说一句话吧。”

一位学生说：“我有3支铅笔。”胡厚兴说：“这个例子举得好。”

一位学生说：“天空上飘着3朵云。”胡厚兴竖起大拇指，说：“啊，你的思路很开阔。”

一位学生说：“我写了3个字。”胡厚兴走过去拍学生的肩膀：“你的想法别具一格，令人耳目一新，真不错！”

“同学们，我们已经认识了1到10，也通过摆小棒、计数器拨珠、多样实物的摆一摆、数字顺序的排列，还有数字大小的比较，已经建立了数字感。刚才我们又用学的数字说话。只要我们多练习，就会为以后的计算打下好的基础，相信你们一定会学好数学。”

胡厚兴深知，任何一位学生都渴望得到教师的肯定和赏识。他还读过一篇文章，教育家苏霍姆林斯基曾说过一句话：“人的内心深处都有一种根深蒂固的需要，那就是渴望被人赏识。”因此，胡厚兴在教学过程中，总是捕捉学生的闪光点，对学生的点滴进步都竖大拇指表示赞赏。在课堂教学中，胡厚兴实施评价时，不止说“不错”“很好”“你真棒”，他认为这些语言笼统、空洞，孩子们听多了，会没有感觉。他讲究评价方法的灵活性和多样性，采用不同形式的激励性评价，多半用丰富的语言作为激励：“我很佩服这位同学的分析。”“你真是个善于思考的孩子。”“你的眼睛真亮，发现这么多的问题。”……配合这些赞赏，胡厚兴还会给学生报以行为上的鼓励，比如会心的微笑、赞许的点头，或竖起大拇指、鼓鼓掌、拍拍肩、摸摸头，以示表扬。

学生们经常得到胡厚兴不同的奖励：口算又快又

对的被评为“口算之星”，提问题多的被称为“智慧之星”，字写得漂亮的就被誉为“书写之星”，只要有进步的就被评为“进步之星”，或被给予简单的物质奖励。

孩子们在课堂上非常开心，充满活力，不讨厌学习。

20 分钟过去。胡厚兴对一年级的学生说：“今天我们一起学习了‘十几减 9’的课程，你们自己再摆一摆，反复体会一下，用你们喜欢的方法算一算。好吗？”

然后，他翻开二年级数学书，开始为二年级学生上数学课。

…………

“当，当，当……”第一节课下课。孩子们起立：“谢谢胡老师，胡老师辛苦了！”

进入大课间活动时间。大岩幼儿园的杨全玉老师带着几位小朋友来到操场上。她从 2009 年起就承担大岩村学龄前儿童的教育工作，并负责播放课间操音乐。胡厚兴需要教音乐课时，杨全玉也会协助上课。

此时，操场上播放着一首儿童歌曲：

我爱我的家

弟弟　爸爸　妈妈
爱是不吵架
常常陪我玩耍

我爱我的家
儿子　女儿　我的他
爱就是忍耐
家庭所有繁杂

我爱我的家
儿子　女儿　我亲爱的她
爱就是付出
让家不缺乏

让爱天天住你家
…………

胡厚兴站在队伍一旁，逐个观察每一位学生脸有没有红，额头有没有出汗。他走到孩子们身边，一个一个问："热不热？热了把棉袄给我。"

孩子们脱下外套，往胡厚兴胳膊上搭。胡厚兴怀里抱着好几件外套，那样子就像孩子们的保姆。

第四节课是美术。胡厚兴认为，直观教学能发展学生的观察能力、思维能力和语言表达能力。于是他决定结合数学课的“观察物体”上美术课。他拿出一个长方形木头，对学生们说：“同学们，这是一个长方体，你们来观察一下，它与正方体、圆柱体、球体有什么不同？你们试着讨论一下吧。”

孩子们纷纷说“它比正方体长”“它比球体方”“它比圆柱体方”“它有角，球体没角”……

胡厚兴说：“你们看，这是物体的一个面；长方体由六个面组成，这样的几何图形与我们的生活有着密切的联系。想一想，在生活中，哪些东西是长方体？”

“大巴车！”“铅笔盒。”“饼干盒。”“饭盒。”“木箱！”……孩子们七嘴八舌地说开来。

“同学们说得都对，你们的观察能力挺强哟。那么，这节美术课，我们就来画一只杯子吧。画的时候，要从不同角度去观察同一物体在光影之下会有哪些不同；还可以根据你们的记忆，把生活中的圆柱体画出来。”

胡厚兴将教室里的所有课桌重新摆成一个正方形，在正方形中间的桌子上放一只杯子，请同学们坐在不同的位子上去画这只杯子。待美术作业交上来后，胡厚兴再请同学们猜一猜，这些画分别是谁画的。上数学课时，他再拿出不同的物体，请同学们分组观察，交流观察结果。

胡厚兴通过这节美术课，达到两个目的：一是学生分组从不同角度画同一物体，然后分享作业时，发现各组的图都不同，这对数学课“观察物体”的学习有很大的帮助；二是这样多学科交叉辅助教学，可激发学生兴趣，提升教学效果。

“好哇——”孩子们兴致勃勃地铺开了画纸。

已近中午，胡厚兴来到食堂，帮忙做午饭。20世纪90年代以前，大部分学生回家吃午饭，距离学校远的学生带饭，胡厚兴就帮忙蒸热。后来大部分学生带米、带菜、带柴到学校，村部就请了一个人专门负责蒸饭。直到2019年，学校才改为交伙食费，学生们就全都在学校吃午饭了。以前学生每天带米、带菜、带柴的时候，常常有个别学生忘记带饭，来了也不说，直到中午胡厚兴才知道。每当遇到这种情况，胡厚兴就将自己带的饭分给学生吃，有时甚至全部让给学生吃，他饿着肚子上课。吃完饭，洗碗、打扫食堂卫生，都是胡厚兴的事。为了保证食堂烧灶用的柴充足，胡厚兴经常到山上打柴背到学校。直到现在还是。

下午第一节是语文课。

胡厚兴说：“一年级同学请注意，这节课我们学习拼音字母 gkh，首先我们复习前一节课的 dtnl……哪位同学告诉我 dtnl 的记忆口诀？”拼音字母，对于孩子们来说是很抽象的符号，如何进行教学，胡厚兴动了很多脑筋。他把抽象的符号与生活实际结合起来，发明了“拼音记忆口诀”，调动学生们的兴趣，愉快学习。

讲台下早有学生唱开了：“马儿跑步，ddd；伞把儿，伞把儿，ttt；一个门洞，nnn；小棒，小棒，lll……”

“嗯，看样子，你们都记住了，都学得不错。同学们再想一想，l，除了像小棒，还像什么？”

“像筷子！”“像铅笔！”“像毛笔！”

“同学们回答得都对，你们都已经掌握了吧。那么，今天我们继续学习新的字母。第一个是 g，你们看，g 念‘鸽’，鸽子的鸽，上面这个圆圈像不像鸽子窝？”

“像——”

“我们的记忆口诀就是，鸽子，鸽子，ggg，来，和我一起读。”

“鸽子，鸽子，ggg……”

“k这个字母，像不像一只小蝌蚪？……蝌蚪，蝌蚪，kkk……喝水，喝水，hhh……”

“蝌蚪，蝌蚪，kkk……喝水，喝水，hhh……”

学习拼音，首先指导孩子们学发音，接着识记字形，再练习用字母说话，然后学习书写。胡厚兴认为，再难的知识点，孩子们一旦有了兴趣，再去学，就容易了。

一堂课的20分钟又很快过去了，胡厚兴说：“一年级的同学，把刚才学的拼音字母在练习本上写三遍。二年级的同学，我们今天学习课文《难忘的泼水节》。”说完，胡厚兴左手小心翼翼地端着一只盛满清水的碗，生怕碗晃动的样子，右手拿几根树枝，对学生们说：“请问，有哪位同学愿意上来表演和体验？”

小手举起来，孩子们上来了。大家拿着树枝，从碗里蘸水，相互洒水，十分兴奋地进入角色之中。

胡厚兴说：“同学们，你们现在能够想象出傣族人民的泼水节是什么样的情景了吧，感觉到欢乐和幸福了吗？”

“想象出来了。”“感受到了。”

“我们敬爱的周总理和傣族人民一道，过泼水节，你们说，周总理是不是富有情趣、平易近人啊？”

“是的。”

“这篇课文，描写了周总理和傣族人民一起过泼水节的无比欢乐、无比幸福的情景，也体现了总理和人民的深厚感情。我们要学习周总理与人民心连心，还有他和蔼可亲的高贵品质。下面，我们一起有感情地朗读课文……”

孩子们脸上露出了愉快的笑容，朗读时声音高亢。胡厚兴也很高兴，他一向认为，老师只是起到引导作用，而学生们才是课堂的主人。胡厚兴说这是“愉快教学法”。

除了“愉快教学法”，胡厚兴还有好多教学法。在几十年的教学工作中，胡厚兴非常重视教学方法的研究。以前教高年级语文时，他在学生的作文上进行过多方面探索，比如指导学生留心观察事物、随时记录、积累素材。后来他担任复式教学点校长、全科老师，依然把自创的作文方法在写话课里派上用场。

自2001年以来，胡厚兴每年教的都是一、二年级学生。低年级识字是重点，也是难点，为了让学生轻松记住，胡厚兴总结了一些识记生字的方法。先让学生弄清偏旁部首，把每个字拆开，比如“惊”字，观察并分析“惊”字的结构，左边是竖心旁，是与心联系起来的，右边是“北京”的“京”字，把这个形声字编成一条顺口溜：左边心，右边京，合起来就是“惊奇”的“惊”。

比如形近字“力”和“刀”，放在一起比较，“刀”字的一撇不出头，“力”字的一撇出头。“月”和“用”放在一起比较，“月”字中间没一竖，“用”字中间有一竖，如果“用”字去掉一竖，就成了宽宽的“月亮”。

再比如同音字“植”和“值”。植树的“植”与树有关，因此它的偏旁是“木”；值日的“值”字，与人有关，因此它的偏旁是“人”。

等把这些字弄清后，胡厚兴就分别让学生们组词，学生们通过观察比较，很快就记牢了。如果不去比较，弄混淆的概率就很大。

除了这样指导孩子讲究方法学习，练习写生字时，每个字不超过五遍，但要求写好、记牢。有的孩子短时记忆不错，但几天后就忘了。为了解决这个问题，胡厚兴就对孩子们说：“你们初次见到的同学，短时间内会叫不出名字，但过一段时间后就熟悉了，甚至只要看到背影就知道是谁，这是为什么呢？原因是天天与同学见面。所以说，只要天天去认读生字，经常去写，自然就会熟。”胡厚兴又指导学生自制生字卡，用生字卡在课堂或课后开展识字游戏，每天进行五分钟词语听写，这样孩子们学习生字就轻松多了。

在实施新课程、新教法的今天，复式教学难上加难，特别是在培养学生学习兴趣，组织学生自主参与学习、合作学习等方面更是难以开展。

面对这样的现实，胡厚兴又潜心探索出“我的扑克”“信箱”等一系列教学法。这些教学法实施之初，有家长质疑胡厚兴不务正业，比如让学生自制生字卡片，在家玩“我的扑克”游戏，谁识的字多谁就赢。家长们也质疑胡厚兴布置孩子写生字从来不超过五遍，认为这样不够重视，问胡厚兴为什么不让学生多抄写几遍。

胡厚兴每家每户走访，跟家长讲清道理。“‘我的扑克’游戏是以生字作为扑克内容，让学生们在玩乐中去学习，收效会更大。”“学生们写生字不在于多，而在于认真。写得多了反倒形成一种负担，有了负担就会应付，倒不如认真地写好五遍，孩子们乐意主动学，学得快，轻轻松松就记住了。”

随着孩子们逐渐显现出良好的学习效果，家长们不再提意见，反倒称赞胡厚兴的教学方法好。有一位住在镇上的家长慕名而来，还打听能不能把孩子送到大岩小学来上学。不少学生三年级到其他学校后，还经常跟家长说：“如果还是胡老师教我就好了。”

胡厚兴的一天，是以做“清洁工”结束的。放学后，等孩子们全部离开学校，胡厚兴开始打扫教室、办公室，冲洗卫生间，擦拭课桌椅，回家时已日落西山。

胡厚兴还有很多“身份”。他是大岩小学校长，是孩子们的班主任，也是语文、数学、美术、音乐、科学、体育等全科老师，还是厨师、保安、门卫、清洁工、修理工、服务员、保姆、朋友……

学校大门

学校全景

学校的铁环（上课铃）

孩子们上学了

大课间活动

孩子们在学习

孩子们在吃午餐

胡老师在教室上课

胡老师教学生用卡片学生字

胡老师的板书

胡老师办公室

胡老师在打扫操场

胡老师在种花

花坛里的葱莲花

3
不仅教书本

教学情景一：

我是一颗蒲公英的种子
谁也不知道我的快乐和悲伤
爸爸妈妈给我一把小伞
让我在广阔的天地间飘荡 飘荡
小伞儿带着我飞翔 飞翔 飞翔
…………

大岩小学校园，孩子们手牵手，快乐地唱着歌，在胡厚兴的带领下，一起往校门外走去。

在蒲公英飘飞的季节，胡厚兴总要提醒学生们留意路边的蒲公英，观察蒲公英的种子在风中是个什么样的景象。

夏天的田野上，黄豆、玉米、西瓜、辣椒、茄子、豆角、黄瓜等作物一片一片的，已经结出了果实。胡厚兴带着孩子们出了校门，去往教学楼背后。胡厚兴亲手种下的楠竹，此时像一排尖兵保卫着校园。20 世纪 70 年代的大岩小学校门是开在教学楼右侧的，少年胡厚兴上学时，每天都要经过一段杂草丛生的泥土路，然后进入校园。就在教学楼右侧的一块地里，胡厚兴曾种过四季的蔬菜。小路弯弯曲曲，最宽处接近一米，最窄的地方不到 30 厘米。路其实是没有的，被人走过压倒无数的野草，泥土露出，才隐约看得出有路可走。那儿的蒲公英随处可见。

“胡老师，我看到了，蒲公英的叶子顶端是尖尖的，边边像锯齿。”

“它的叶子是绿色的，上面有白色的绒毛。”

“哇，它种子上的白毛，形状跟降落伞一样。”

“很轻很轻。”

“噗——哇，蒲公英的种子飘走了。”

胡厚兴说：“同学们再观察一下，它的根是怎样的？”

孩子们伸出小手轻轻地从泥土里拔出几棵蒲公英。

“是弯曲的。”

“好像圆锥。”

“棕色的。”

“是褐色。”

孩子们互相讨论着。

胡厚兴在一旁讲解：“蒲公英每年4月到9月开花，也就是从春天到秋天，不同的地方开花的时间有先有后……每到结果的时候，就会长出白色冠毛，风一吹，冠毛带着果实里的种子四处飘荡。你们根据观察到的感受，尝试着以‘蒲公英’三个字造一个句子吧。”

“蒲公英结种子了。”

“风一吹，蒲公英抖动着，飘飞起来。”

“蒲公英长得像手掌。”

“连云山的蒲公英真美啊！”

…………

胡厚兴对学生们竖起大拇指：“同学们的造句挺

有趣，也很不错。我们观察过后，都记在脑子里了吗？”

“是的，记在脑子里了。”

孩子们欢快的回答在天空飘荡，回旋，跳跃，那是山风弹奏的旋律。

教学情景二：

有一天大清早，起雾了，连云村仿佛披上一层洁白的面纱，弥漫着凉丝丝的水汽。纯溪，缥缥缈缈；树林，神神秘秘；田野，郁郁葱葱；山坡，朦朦胧胧。

雾越来越浓，空气中氤氲着草木的香气。胡厚兴没有组织晨读，而是把孩子们带到走廊上：“同学们，你们看看，今天的天气有什么变化？”

“今天是大雾。”“好大的雾哟！”孩子们说。

“你们来学校的时候，村子里是什么样子的呢？”胡厚兴问。

“看不见村子了。”

“树呢？小河呢？路上有什么呢？”

“路也没看到。”“人也没看到。”“路边的树也没看到。”“它们好像都躲起来了。”

胡厚兴微笑着说：“好，我们一会儿等太阳出来，再去观察。先进教室上课。”

太阳出来了，浓雾缓缓流动，慢慢稀淡，雾中出现了一个朦胧的红盘子。一阵轻风过后，乳白色的雾纱卷起，渐渐消散，天空露出一角，仿佛被雾擦拭干净了，格外湛蓝、清爽和洁净。

胡厚兴暂停讲课，再把孩子们带到走廊上：“同学们再看看，雾怎么了？”

“雾没啦。”“雾走了。”“雾散了。”“雾消失啦。”“太阳出来了，雾退下了。”

…………

没过几天，胡厚兴让二年级的学生先回忆雾的情景，再请大家翻开课本：“今天我们学习课文《雾在哪里》，我先朗读一遍……

从前有一片雾，他是个淘气的孩子。

有一天，雾飞到海上。

“我要把大海藏起来。”于是，他把大海藏了起来。无论是海水、船只，还是蓝色的远方，都看不见了。

“现在我要把天空连同太阳一起藏起来。”于是，他把天空连同太阳一起藏了起来。霎时，四周变暗了，无论是天空，还是天空中的太阳，都看不见了。

雾来到岸边。

“现在我要把海岸藏起来。”雾把海岸藏了起来，同时也把城市藏了起来。房屋、街道、树木、桥梁，甚至行人和小黑猫，雾把一切都藏了起来，什么都看不见了。

他躲到城市的上空，说道：“现在，我该把谁藏起来呢？”看来，再也没有可藏的了。

“我要把自己藏起来。”

不久，大海连同船只，天空连同太阳，海岸连同城市，街道连同房屋和桥梁，都露出来了。路上走着行人。小黑猫也出现了，它摇着黑尾巴，悠闲地散步。

雾呢？消失了，不知到哪里去了。

胡厚兴读完课文：“同学们，为什么课本里用‘藏了起来’？”

教室里热闹起来，同学们自然而然地联想着那天早上观察雾的情景，纷纷举手发言，原本是二年级的课文，连一年级的孩子也举手，踊跃极了。

教学情景三：

大而密的雪，是极其讲究仪式的。当人们预报雪要来，雪就飘走了。悄无声息地潜入，才是雪的风格。2021 年 12 月 26 日，大雪铺满平江，白了树，白了河，白了天和地，也白了连云山。平江县教育局为确保全县师生安全，紧急通知在低温雨雪冰冻天气加剧的情况下，学校放假两天。

胡厚兴原本打算第二天一大早带领学生们观察雪花，接到教育局通知后，他在群里说：“各位家长：因全县普降大雪，低温雨雪天气还将持续，根据县教育局文件通知，12 月 27 日、28 日（星期一、二）放假两天。放假期间，请家长监督孩子不乱跑，注意安全；天气严寒，谨防感冒；同时请督促孩子在家看书、写字、画画（雪景画）。收到，请回复。”

这一年的雪下得早，胡厚兴认为这是一次难得的观察大自然的机会，于是，在家长们回复后，胡厚兴接着说：“各位家长晚上好！谢谢您的回复！下面请转告同学们：小朋友，冬天终于来到了。你观察了雪花是怎样落下来的吗？你看到的远处的山呀，房子呀都是怎么样的？你记录下来了吗？明天早晨你再看一看远山、田野、房子、公路上的情景，当时的心情怎样？你还做了些什么，说了些什么？并把看到和经历过的记录下来行吗？天寒地冻，到处结冰，安全隐患到处都有，大家一定要小心哦！记住长辈们对你说的话哟！”

到了星期三，学校恢复上课，胡厚兴组织学生走上讲台，给小伙伴们分享在下雪时、下雪后的一些活动及自己的感受。

刘宇山第一个说：“星期天早上起来，奶奶告诉我下雪了。我出去一看，哇，真的下雪了，雪把房屋、电线杆、树上的叶子、农民种的菜都盖住了。屋顶的雪，就像刷了白油漆一样。我连忙出去喊小伙伴们一起打雪仗。我们先拿一坨雪，捏圆，再打到别人身上。我们打呀打……后来吃完午饭，我到院子后面堆了一个雪人。雪人的眼睛是用石子代替的，手是用树枝，鼻子是用胡萝卜，我用树枝把雪人削了一下，雪人就瘦了一点点。这真是快乐的一天啊。”

罗敏接着分享感受：“下雪了，外婆叫我出去看雪。我连忙开了门。雪先是下得小小的，后来越来越大，不一会儿，雪把房屋、大树、小路都盖住了，世界变白了。过一会儿伙伴们找我玩。我要把妹妹带着一起去，我帮妹妹戴上帽子、围巾和手套，然后我也裹得严严实实的。小伙伴见到我们说：‘我们一起打雪仗吧？’我们把雪搓成圆球，你打过来，我打过去，大家打累了，就开始堆雪人。我和妹妹一起，堆了一个大雪人、一个小雪人，妹妹说，雪里好好玩呀。我们一直玩了很久才回家。吃完饭，我发现外面的雪变小了。外婆说，等雪停了，我们再一起出去散步。”

一年级黄一曦同学描述下雪情景说：“雪花漫天飞舞。”

一年级余婧同学说：“满天的雪花轻轻地飘落下来，好美呀！”

二年级王怀平同学说：“早晨起来，打开房门看到山呀，田呀，房子呀全都白白的，好像大地盖上了一块白布，真是好看极了。”

教学情景四：

胡厚兴正在上课，这时，从窗外飞进来一只鸟，落在一张课桌上。学生们都把目光投向小鸟，不作声，生怕惊飞了鸟。

小鸟像在吹口哨，又像在唱歌，它从这张桌子跳到那张桌子，转了一圈，飞到窗外了。

胡厚兴看到学生们津津有味地看小鸟，便停下来，等小鸟飞走了，笑着问：“同学们，小鸟可爱吗？”

“可爱——”孩子们意犹未尽。

“看清楚了吗？”

“看清楚了——”

胡厚兴说：“来，告诉我，你们看到了什么？”

“它的羽毛是浅褐色的。”“黄色。”“金色。”“不对，是金褐色。”“它肚子上的羽毛颜色比背上的浅。”“它的眼睛周围是白色的，真好看。”

“那你们猜猜，它到我们教室来做什么？”

“飞错地方了吧。”“它可能是找小伙伴呢。”

胡厚兴说：“同学们的眼睛真尖，观察很仔细，你们说得对，它全身的羽毛是金褐色的，肚子上是白的，眼睛上有一条白线。你们知道这只鸟叫什么吗？叫画眉。大家记住了吗？”

“记住啦——”

胡厚兴说：“嘴巴是什么样的呢？”

“尖。”“很硬。”

胡厚兴说：“硬的嘴巴可以啄东西吃，还可以梳理羽毛，那么，它还有什么作用呢？”

“我知道，还可以鸣叫。”“可以呼唤小伙伴。”“老师我知道，还有打斗时，互相啄。”

胡厚兴说：“对。那它的声音好听吗？”

“好听，像是在唱歌。”

胡厚兴说：“同学们讲得都挺好，说明你们观察能力很强。下面你们就以这只小鸟为主题写一句话吧！”

“可爱的小鸟。”“一只画眉飞到教室来了。”“画眉的眼睛四周画了一道白眼线。”“画眉鸟真漂亮。”

胡厚兴说：“还有哪位同学，可以尝试写一段话吗？”

“一天，我们正在上识字课，一只小鸟从窗户的一个洞里飞了进来，落在曾伟的课桌上，转过头来，用那双圆溜溜的眼睛注视着同学们……”

教学情景五：

2021 年 11 月 29 日，星期一，天气晴朗无云。大岩小学教室里，胡厚兴在黑板上一笔一画写了一行字：做幸福的孩子。

“什么是幸福？”胡厚兴满面笑容地轻声问，“我想请同学们想一想，再回答我的问题。”

小伙伴们纷纷举手：

“感到温暖，就是幸福。”

“能够平安不受伤，就是幸福。”

“有人给我爱，不孤单，感觉开心，就是幸福。”

“有小伙伴在一起玩，就开心，就幸福。”

“爸爸妈妈陪伴我的时候，我很幸福。”

胡厚兴说：“同学们回答得都很棒。爸爸妈妈陪伴你的时候，你会觉得很开心，能感到幸福；有人陪伴，不孤单，就是幸福；小伙伴们能在一起玩，就是幸福；爷爷奶奶陪伴你学习，这个时候的你很开心很幸福；能够平安，不受伤，就是幸福；在生活中，感到了温暖，就是幸福……这些回答都很真切。那我们再来进一步谈谈感受，好吗？”

“有爱，就有幸福。”

胡厚兴说：“有爱就有幸福？好！那你有过幸福没有呢？是谁给你的爱，谁给你的幸福？”

“我想要东西的时候，妈妈就买给了我，这时候，我感到了幸福。”

“妈妈给我们做了许多好吃的，我感到了幸福。”

“爸爸妈妈带着我和弟弟一起出去玩的时候，我感到了幸福。”

“妈妈给我买了好看的衣服时，我感觉到妈妈给了我很多的爱，感觉好幸福。”

王莹的脸憋得红红的，看得出她想说话，可是，胡厚兴等了很久，她也不发声。突然，她的眼泪顺着面颊流下来。胡厚兴走过去，轻声说：“王莹，你是不是紧张了，慢慢说好吗？让我猜一下，你是不是想好了的话，被小伙伴们说了，现在又想不出来说什么？没事，你再想一个，哪怕其他小伙伴说过，你赞同的，也可以。”

另外有位同学举手说：“我来帮她说。”

胡厚兴说：“她的秘密还是由她来告诉我们吧。”

这时，王莹害羞地开口了：“有爱就是幸福。”

胡厚兴说：“哦，我明白了，你赞同‘有爱就是幸福’这个观点，对吗？同学们，我们给她一点掌声吧！”

孩子们热烈地鼓掌，全都对王莹微笑。王莹受到了鼓励，说：“我奶奶每天晚上都给我洗脸，这个时候，我感到了爱，觉得很幸福。”

又一次热烈的掌声。

黄晓举手了，他是刚从广东来到平江的，在班上一直沉默寡言，胡厚兴对他特别照顾，听到他开腔，高兴地说："请黄晓说。"

黄晓说："在学校里有老师陪我们做游戏，教我们学习，同学们在一起玩，很开心，感觉很幸福。有一次，胡老师把文具作为纪念品发给我，我也感觉好幸福。"

"幸福是他人的关怀，幸福是他人对我们的惦念，幸福是他人的陪伴，幸福是老师给我们的奖励……"胡厚兴说，"还有什么呢？大家想一想。"

这时，不知是谁说："我们有胡老师，就是幸福。"

孩子们沸腾了：

"是啊，我们有胡老师的陪伴，有胡老师对我们的爱，我们好幸福。"

"谢谢胡老师。"

"有胡老师陪伴，我很开心；胡老师教我们读书写字，总是陪着我们玩，我很感动，很幸福。"

"胡老师教我们很辛苦，我很感动，很快乐，很幸福。"

"胡老师教我们读书写字，胡老师非常伟大。我有很多收获。我很幸福。”

“我不会读的，胡老师就耐烦地教，反复教，感觉您很爱我们。我很温暖，很幸福。”

“胡老师辅导我写作业，总是很耐烦，您也爱我，我会加油，努力学习。”

“胡老师教我们写字读书，我很感激胡老师。”

“胡老师陪伴我们，我很开心，很快乐。”

同学们一齐站起身，几乎是喊了出来：“谢谢胡老师！胡老师辛苦了！”

胡厚兴说：“同学们请坐下。谢谢！你们都很棒！今天的班会，我们一起讨论了什么是幸福，知道了什么是幸福。做幸福的孩子，不仅要能感到幸福、知道幸福、分享幸福，而且要去创造幸福。”

“老师，那我们怎样创造幸福呢？”

胡厚兴说：“这个问题问得好，这正是我下面想对你们说的。我年轻的时候，有一个叫‘定干娘’的五保老人住在五保之家，她想用砖砌一个灶台，就到处搬砖。但她年老了，没力气。我就在下班后，连夜为她搬好了砖。‘定干娘’十分感谢我。我当时认为自己是应该的，感到帮助了别人，我觉得很幸福。这就是创造幸福的一种方式，无偿帮助别人，也会感到幸福。你们说对不对？”1989 年春，大岩村江堧组村民黄悌如在乱树坡耙田时，被耙齿插到右脚脚背，当天被人背回家中。他一回到家，家人就请医师到家中给他打点滴，一星期过去了，黄悌如不但伤口没好，脚还肿得要把裤脚剪开才能脱掉裤子，疼痛难忍。天下着雨，胡厚兴到山上找了好些草药，送到黄家。结果只用了两服药，黄悌如的伤情就有所好转，第三天就下地劳动了。当时，胡厚兴也觉得自己能够帮助别人，感到很幸福。

同学们说：“对！”

胡厚兴说：“同学们，我是你们的什么人？”

“是老师。”

“是朋友。”

胡厚兴说：“我还是你们的什么人？”

“是伙伴。还像天使。”

胡厚兴说：“是的，我是你们的朋友，也是你们的伙伴。我们每天在一起学习，我也感到很幸福，同时我也相信同学们能够越来越幸福！希望我们的友谊一直留在你们的记忆里。”胡厚兴的眼眶潮湿了。是啊，他感觉自己好幸福。

教学情景六：

黄一美是一位聪明活泼的女生，但她学习从来不专注：上课爱讲闲话；读课文时从不连贯，想怎么读就怎么读。胡厚兴如果指出来，她不仅不生气，反而笑嘻嘻的，依然我行我素。虽说这是孩子情商高的表现，胡厚兴却担心黄一美并不知道自己存在的问题。如果任凭黄一美这样发展下去，对她的成长是不利的。如果他再严厉批评，就会打击黄一美。于是，胡厚兴决计同她好好谈谈。谈话之前，胡厚兴了解到，黄一美家是妈妈占主导地位，于是胡厚兴先跟黄一美妈妈打了电话，告诉黄一美妈妈要在家多配合，并要督促和鼓励孩子。家长的工作做好了，胡厚兴就把黄一美喊到办公室。

“你把昨天学的课文读一遍吧。”胡厚兴一副煞有介事的样子。

黄一美明显感觉胡老师的表情除了严肃还有严厉，便嘻嘻哈哈地找台阶：“胡老师，您今天好严肃。”

胡厚兴说：“当然要严肃，读书可不是好玩的。

你以后找人帮忙办事的时候，别人如果嘻嘻哈哈地这样对你，你是一种什么样的心情呢？”

黄一美偏头，想了想，说：“那我会不高兴。”

“那你为什么不高兴啊？”

黄一美说：“我是来办正事啊，如果别人嘻嘻哈哈，好像不是很正常啊。”

胡厚兴说：“我让你读书，你却嘻嘻哈哈的，你想想，我是什么感受呢？”

黄一美笑了。

胡厚兴说：“读书就要养成好习惯，要听老师的指导，不能嘻嘻哈哈。你现在课堂上出错，没读好，都是没问题的。可是，如果你养成了不好的习惯，你终身都会受影响，不好。明白了吗？”

黄一美点点头，说：“胡老师，我明白了。”

“你明白了就好。这是下周一升旗仪式上国旗下的发言稿。你熟悉一下，到时候上台读。胡老师相信你一定会读得很精彩。”胡厚兴从桌子上找出准备好的发言稿，递给黄一美。

星期一，大岩小学升旗仪式现场。

黄一美拿着发言稿，绘声绘色地朗读起来——

尊敬的老师，亲爱的同学们：

大家早上好！

今天要给大家讲的是文明礼仪，从小做起。

文明像一股暖暖的春风吹遍大地，文明像一丝丝春雨滋润万物。礼仪是和谐的音符，是文明的象征，礼仪无处不在。我们要让文明之花尽情绽放在我们心中，要塑造我们的美好形象，首先要做到语言文明、行为文明。

有时，一声“你好”给别人带去一天的好心情，一声“谢谢”拉近人们的距离，一声“对不起”能“大事化小，小事化了”，一个“不要紧”等于给别人吹去阵阵的暖风。良言一句三冬暖，恶语伤人六月寒。让我们行动起来吧，让“请、您好、谢谢、对不起、没关系、再见”这些词语，成为我们的日常用语，让我们每一个人都用友好、诚恳的态度待人，用热情、大方的举止处事，给他人带来愉快和谐，让校园充满温馨。

谢谢大家！

在同学们的一片掌声中，胡厚兴走上台前说：“今天黄一美同学的朗读很投入、有感情、很精彩！胡老师和同学们都强烈地感受到了。读得好，说明你一定是很用心地做了准备，态度认真，没有应付了事。朗读得有感情，说明你真正理解了文本所表达的意思。你的声音响亮，说明你自信。”胡厚兴接着说：“今天黄一美很好地完成了朗读任务，我相信我们每一位同学，只要有这样的态度和精神，都可以像黄一美一样读得很好。要记住，做任何事，只要我们肯努力，就会有回报。要记住，读书会让我们终身受益。”

教学情景七：

遇到内向、不爱说话的学生，需要用什么样的方法，才能“撬开”小嘴巴呢？

有位叫危宇的男生，自从一年级进校门，他谁也没理过。

家长说：“胡老师，我家小宇就是不开口，真是急死个人。”

胡厚兴说：“不要着急，会慢慢说话的。”

胡厚兴想，你不跟我说话，我就跟你说话。“小宇，今天上学是妈妈送你来的，还是爸爸送你来的？”胡厚兴先不谈学习上的事。其实一大清早，胡厚兴就看到危宇是爷爷送来的。他假装没看到，问一问，看危宇到底理不理人。

危宇摇摇头，又点点头，不说话。

下课了，同学们在一起玩游戏，危宇一个人趴在走廊栏杆上往下看。

胡厚兴走过去：“小宇，你会打陀螺吗？”胡厚兴的少年生活是贫穷而快乐的，小伙伴们的玩具都是自己制作。跳绳，都是亲手用稻草搓成绳子。打的陀螺也是自制的。选较硬的大小合适的木头，用锯子锯成 5 至 6 厘米长的一段，再用砍柴刀把这段木头的一头削尖，把表面削光滑。削完后，在尖的那一端钉一颗钉子，钉好后，把它放到地上，先用手转动。等它能在地上转圈后，马上制作抽打它的鞭子。抽陀螺的鞭子是用破布条和木棒做的，先准备一根长约 60 厘米的木棒，把破布条的一端紧紧扎在小棒的一端，自制的陀螺便可以玩起来了。

危宇看着胡厚兴，不作声。胡厚兴说：“打陀螺可好玩了。明天我带东西来，教你和同学们一起做，好吗？”

危宇眼里闪动着好奇的光，胡厚兴第二天就带了工具和木头教危宇做，然后教他怎么打。危宇很快就学会了。

打陀螺还是一个人的游戏，危宇仍然不跟人交流。一辈子都跟孩子们打交道，胡厚兴有的是经验，危宇只要有了第一次和同学交流的体验，后面就好办了。课间时，胡厚兴开展互相传排球游戏，你传给我，我传他，他传给你。可是，当球传到危宇手上时，危宇呆呆地站在原地，不知传给谁才好。于是，胡厚兴就跟其他同学说好，尽量多把球传给危宇。然后他对危宇说："球到你手上后，你就传给我。"

同学们很配合，都往危宇手上传球，危宇就把球往胡厚兴手上传，胡厚兴再把球传给其他同学，其他同学又往危宇手上传。胡厚兴说："危宇，你看小伙伴都往你手上传球，你是不是要回传一个？"

危宇随便往一位同学手上传，那位同学说："谢谢你，危宇。"危宇的脸红了，他感到和小伙伴们一起玩，如此开心。渐渐地，危宇就和小伙伴们一起玩游戏，性格变得开朗了。

转眼六一儿童节到了，胡厚兴趁热打铁，就平时给学生们讲的安全事项，组织大家表演成快板《儿童安全十注意》，请危宇参加。

节日那天，在表演会上，危宇表现得出乎大家的意料，他声音响亮，表情自然：

打竹板，响连天，今天我来表安全，哪些方面要注意，一条一条听仔细：

第一说话要和气，对方才不发脾气，粗话脏话惹是非，打架才是祸根底。校园内外不打闹，互相谦让有礼貌。大家庭里兄妹多，谁都不搞小团伙。

第二外出要注意，交通规则要牢记，步行要走人行道，违章骑车不能要。十字路口停一停，前后左右要看清。无车才可往前行，抢道会出大事情。

第三候车路边站，横跨公路有危险，上车下车别拥挤，先下后上按顺序。抓好扶手别大意，以防猛停摔倒你。头臂不要伸窗外，站立不要靠玻璃。

第四相约出去玩，选择地方也关键，公路铁道有危险，沟壑悬崖别登攀。上高墙，爬电杆，进危房，掏鸟蛋，这些事情不要干，天黑之前把家还。

第五家长要注意，携带东西问仔细，孩子带上危险品，出了问题悔莫及。打火机，弹簧刀，化学药品小炸炮，这些东西易惹祸，儿童携带要取缔。

第六池塘河边转，要离河床远一点，靠近水边有淤泥，踩上就会滑下去。游泳要到游泳池，跟随父母保护你。滑冰场上练身体，池塘河里不要去。

第七谨防烧烫伤，留下伤疤终身悔，教育孩子别玩火，星火惹出大灾祸。逢年过节办喜事，燃放爆竹要远离。遇到哑炮别着急，一时不慎炸伤你。

第八远离高压线，千万别去触电源，开关灯泡有问题，要让大人来处理。电是老虎别大意，一不小心吃掉你。用电知识要学习，安全用电记心里。

第九注意上下楼，一级一级莫停留，楼梯相遇要礼让，不拉不拽不推搡。栏杆上面不登攀，楼道中间不追赶。不往楼下扔杂物，安全二字记心间。

第十饮食要卫生，要有制度做保证，餐具用具勤消毒，炊工身体要健康。吃饭之前洗手脸，过期食品不能吃。变质饭菜莫进口，蔬菜水果洗干净。

儿童安全十注意，学校家庭要切记，时时事事放首位，齐抓共管常教育。

教学情景八：

大岩小学教室背后有一个学习专栏，上面写着三个红色大字：你最棒。专栏里张贴的全是孩子们的作业。胡厚兴不仅贴优秀作业，也贴较差的作业。

有一个孩子成绩相对差，家长看到孩子的作业也在专栏上贴着，就问：“胡老师，我的孩子作业不怎么样，怎么也选到优秀作业栏了呢？”

胡厚兴笑着说：“作业展示，不能只选优秀的，如果长期只注重优秀作业评展，作业相对弱的学生就会失去上进心。评展是提供人人参与展示作业的平台，这个过程就是鼓励孩子们写出自己最好的作业。”胡厚兴拿出这个学生以前的作业：“你看看这个，他以前是这样的，你再看看评展专栏上是怎样的，你的小孩是不是进步了？”

家长一看，恍然大悟：“哦，确实是进步了。”

胡老师说：“既然进步了，是不是应该得到表扬？”胡厚兴认为，孩子们自己跟自己比进步了，那就是进步。他总是想方设法鼓励学生：“你们都是优秀的，如果没做好，只是方法没掌握，有时候是我没教好，没让你们听懂，是我的责任，所以你们要多跟我交流。没听懂就问我。”

教学情景九：

一天，胡厚兴上语文课时说："同学们，以后上三年级，就要求写作文了。你们可以写实实在在的东西，把所见、所思、所想记下来，就是一篇好作文。比如心里怎么想的，就怎么写。或者，家里人是怎么做的，有什么想法，都可以写出来。"

下课了，二年级同学林丰跟着胡厚兴进了办公室："胡老师，我有一个问题，我妈妈喜欢打牌，很多时候，我回去，晚饭都没做，我肚子饿得咕咕叫，妈妈还在打牌。这件事，我有想法，能不能写成作文呢？"

胡厚兴说："你有想法，是可以写的。"

林丰说："那我妈妈知道了，骂我怎么办？"

胡厚兴说："你有想法，可以写。妈妈怎么打牌的，你怎么想的，先写下来再说。你写了，妈妈不会骂你的。"

后来，林丰这样写了一篇作文，大意是：放学了，肚子饿了，可妈妈还在打牌，他认为妈妈做得不好；妈妈可以娱乐，但不能影响自己的学习，他对妈妈有想法。

作文交上来了。胡厚兴看了后，认真作了评价：“你实实在在地写出了想法，很勇敢。我们提倡人与人之间首先对长辈要尊敬，你这篇作文，是你的一个很合理的要求，可以把这篇作文给妈妈看，并把你的想法告诉妈妈，是没有问题的。”

第二天，林丰欣喜地告诉胡厚兴：“我把作文给妈妈看了，也把我的想法告诉了她，妈妈没骂我。”

又过了一段时间，林丰开心地说：“胡老师，现在我放学回去，我妈早把饭菜做好了，牌也打得少了些。”

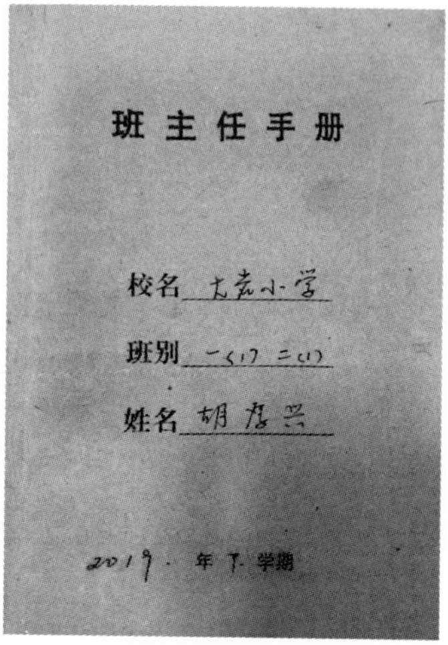

胡老师的班主任手册内容

一、国旗下的讲话。

1. 升国旗时该怎么做：立正、严肃认真，少先队员行队礼，非队员行注目礼。（讲述有关升旗的故事：①在校外听到国歌声，知道升旗，马上立正行队礼。②4岁小孩看到升起的国旗，就下车立正敬礼。）

2. 升旗

3. 中国国旗——五星红旗

国旗象征国家，代表国家的尊严。五星红旗的红底色象征着革命，五颗星象征着亿万中国人民向着中国共产党，而黄色的星星也代表着光明。

五星红旗是我们的国旗。我们爱祖国，我们爱五星红旗，热爱国旗就是热爱我们的祖国——中华人民共和国。

4. 围绕开学第一课，了解人们对国旗的热爱，了解有国旗的地方，人民就幸福、安康。

二、找一年级同学邓微微谈话，鼓励她热爱学习、热爱劳动（在家吃饭都要家长喂）、遵守纪律。
三、指导许智辉，张颖（二年级学生）家长，怎样去关爱孩子学习。（不要指导孩子做作业，因为方法不当，成了代替他们学习，这样抑制孩子思维的发展，从而影响他们的学习、他们的成长，增强依赖性）
四、许楚阳主动预习课文，读通课文。
9月3日第一周 星期二 天气晴
一、村干部黄明珠书记、吴钦平主任上午7:53来到学校，了解开学传统，察看安全隐患，深入课堂了解。
9月4日 第一周 星期三 天气晴
一、满勤。 二、晨读认真。 三、背书检查。
优秀：一年级邓微微 刘嘉敏 胡馨 张若琳 黄泽龙 危紫涵 黄儒斌 二年级林子馨 许楚阳
二、邓微微进步了。今天数学课上，邓微微没有再反背了，还回答了○比△少这个问题，大家把表扬送给了她。
三、一个孩子从十几米外的地方跑过来拉着我的手，喘着气说，老师，您来了！我定睛一看，她红红的脸上流着汗，原来是刚升入三年级的明菁同学。去年，听她外婆说过，自己带她五六年，可一离开她，明菁就不叫她了，明菁真不喜欢叫人，然而今天的一幕超乎了我的想象。两年的师生情胜过浓浓的亲情。（今天我把保险表、收据、新生信息情况送到献小的感受）

胡老师带孩子们做游戏

胡老师和学生们合影

第二章

一切为了山里孩子

4
从没请过假

这是一只木书包：长33厘米，宽28厘米，厚7厘米，分为书包、肩带、盖板三部分，用樟木板制作，散发着一股好闻的香气。书包内有分别放置书、本、笔、墨的隔层。书本放在里面不担心卷角、损坏，一看就耐用，但它的缺点是重。

这只沉重的书包，是家传的，胡厚兴父亲背过，胡厚兴舅父背过，传给胡厚兴时，他就像得到了一个无比珍贵的宝贝，拿到手就舍不得放，背着这只比他年龄还大的书包，高兴得想跳。同班的童检良、吴立根等四位同学也跟胡厚兴一样背着一只如此沉甸甸的木书包。那是20世纪60年代末期，还没有专用书包卖，家家户户都是买布请裁缝师傅做；有的家庭穷，没钱买布，就用一种黄色袋子当作孩子的书包。而木书包是最贫困的家庭才用的。这只樟木书包，一直伴随胡厚兴度过学生时代，他成为教师后也偶尔用之，直到1988年，胡厚兴家从连云山大岩村江坝组泉水坑搬到本村本组的窑埂上，这只具有年代感和历史感的木书包才被当作无用的东西烧毁。

胡厚兴出生的泉水坑，如今荒无人烟。1988年以前，只有胡厚兴的父亲和大伯两家人住在那里，房屋采用最早期的土木结构，屋顶铺茅草、稻草或杉树皮，杉树皮最大的优点是不生毛虫。

房屋大门前有一棵枣树、一口石头做的水缸，右边约80米的地方有一个一米左右宽的水坑，清澈山泉不停地往下流淌。春天里，泉水水流增大，发出哗哗哗的响声，犹如一首美妙的乐章。水坑旁有一棵几百年的古樟树，直径大约一米，树干粗得三四个孩子合抱不过来。房屋左侧是菜园，左上角有两棵古老的尖栗树，两棵树相距四米，直径都在六七十厘米，周长两米左右，高十余米。房屋背后是大排的楠竹。房屋四周环绕着松树、杉树、李树、枇杷树、油茶树、箬竹等。厨房里的饮用水，是从山上接引的山泉水，有的用铁棍把竹节打穿形成竹筒，有的直接将竹子劈开把节打掉，裸露着，引来清澈的水流。房屋不远处，是用黄土和茅草筑成的牛栏，牛栏旁立着一棵桃树。房屋右边有一口平静得像镜子似的池塘，面积大约为60平方米，呈半圆形。池塘的每个节令，都让胡厚兴着迷：春天，池塘清晰地倒映出蓝的天、白的云、红的花、绿的树，还有远处连绵的山峰；夏天，鱼儿们自由自在地游来游去，不时探出头，吹个泡，水面就泛出一朵一朵酒窝似的水花；冬天，鱼塘结一层薄薄的冰，像白玉似的晶莹透亮。

胡厚兴经常站在屋门前，眺望对面山上的梯田。房屋三里外的大丘麻，有一处细长条的片盖巾田，是胡厚兴家种水稻的地方，全家的粮食来源。片盖巾田，正如名字一样，像一条盖巾，横搭在两道山坡之间，长几十米、宽几十厘米，牛无法犁地，全靠人工。结谷子的时候，为了防止山里的野猪偷吃，到了晚上，胡厚兴就跟父亲一起住在稻田边用树木搭的“人”字形茅草棚里，睡在一张木板上。原本山脚下阳光不充足，如果谷子被野猪吃了，就没收成了。

泉水坑海拔300多米，通往山下的路又陡又窄，有的路段用石头铺起，有的路段只是被杂草包围的脚踩出的泥土路。从泉水坑下到山脚，很不方便，要花很长时间。

也许是因为木书包是樟木做的，也许是因为胡家老屋旁有一棵巨大的古樟树，胡厚兴从小就喜欢树，尤其喜欢樟树。他曾听老人讲过一个关于樟树的传说：清末时期，有一只仙鹤受了伤，飞到一对夫妻家门前的樟树底下，这对好心的夫妻帮助仙鹤疗好伤后，将它放飞；仙鹤飞走后，这对夫妻家门前又长出了两棵香樟树，二人的生活逐渐殷实起来，儿孙满堂，非常幸福。因此，樟树被人们称为“幸福树”“和谐树”。

胡厚兴不仅喜欢樟树，还喜欢杉树、桂花树、枫树、梨树以及楠竹。1974年，大岩小学操场上种着三排梨树。春天，雪白的梨花盛开，素雅美丽，清香扑鼻，令人心醉。夏天，胡厚兴同高年级同学一起到果园里除草，给每棵梨树施肥。秋天，梨树枝头挂着沉甸甸的梨子，谁见了都会垂涎三尺。梨子成熟后，同学们在老师的带领下去采摘，采摘的梨子要趁着新鲜卖出去，胡厚兴和同学们都很懂事，没有一个人偷吃梨子。

胡厚兴 12 岁上初中一年级，有一天，学校开展革命传统教育活动，一位叫余希泉的老人来到大岩小学大礼堂——他作为烈士后代，来给学生们讲烈士余锦生的革命事迹。余希泉老人在 3 岁时患眼病，双目失明，被过继给余锦生。

余锦生，1898 年 2 月生，祖籍是湖南省平江县献钟公社大岩大队上铺里，1926 年参加革命，加入中国共产党，1935 年 5 月不幸被捕，尽管敌人施用了无数酷刑，余锦生始终未说出组织半个字的秘密，不久，被敌人杀害于平江县献钟大岩案山。余锦生牺牲时年仅 37 岁，职务是平修铜县苏维埃政府交通科科长，被安葬在平江县献钟公社大岩白沙坳。余锦生的亲哥哥余觅生也是烈士，于 1896 年 4 月生，1928 年 5 月在平江县献钟大岩大屋场被杀害，牺牲时，是中共平江县献钟区四支部委员会联络员，牺牲后被安葬在平江县献钟公社大岩白石源。

听完革命故事，胡厚兴对烈士余锦生心生崇敬，回到家，心情久久不能平静。傍晚，父亲胡菊庭从山上砍柴回来，母亲余琪华已将饭菜做熟了，全家人就着昏黄的煤油灯吃晚饭。

“今天我们学校请来了一位叫余希泉的老人，给我们上革命教育课，讲平江一位烈士的革命故事。”

余琪华问：“讲的哪位烈士？”

胡厚兴说：“烈士也姓余，叫余锦生。听说是我们家乡的，你们认识不？”

余琪华说：“余锦生？”她看了胡菊庭一眼，意味深长地笑了。胡菊庭也笑了，对胡厚兴说：“岂止认识，他是你妈妈的爷爷嘞，你得叫他外曾祖父。”

胡厚兴大吃一惊，转而激动地说：“啊！真的吗？我的外曾祖父？他好伟大啊，牺牲得好壮烈嘞。”余锦生烈士那么顽强，那么有骨气，很了不起。母亲是他的孙女，胡厚兴顿时有一种极为自豪的感觉。

外曾祖父余锦生的革命故事一直激励着胡厚兴，工作以后，哪怕病得再严重，他也从不请假。

1979 年，胡厚兴在平江十三中念完高中，回到大岩村时，大岩学校正好需要教师，胡厚兴就像他的老师杨奇玉一样成为连云山的启蒙教师。他到达大岩学校时发现，他所喜欢的梨树不见踪影，一问其他老师才知道梨树老了不长梨，就给挖了。这事让胡厚兴失落了许久，直到很多年后，他在自家房屋的场坪前、房屋背后的池塘边各种了一棵梨树，失落感才慢慢消失。

1983 年的一天，21 岁的胡厚兴发现右手手腕起了一个点状的红肿，起先他并没在意。哪知，没过几天，红肿处逐渐发展成为粟米样的小脓头，紧接着，手腕乃至整只右手疼痛难忍，不能写字，更不能握粉笔。他骑上一辆破旧的自行车到六七公里外的李医生诊所，李医生一看，说："你这是疔疮。"

"疔疮是什么，李医生？"

"就是皮肤软组织感染，如果延误，说不定要走黄。"

"走黄？"

"对，疔疮走黄，是一种病状的学名，得的人会感觉胸闷、四肢酸软无力。幸亏你来得早。疔疮走黄症情凶险，严重时会导致神志不清，全身出现寒栗高烧，就得抢救了。"

李医生说完，拿出一把手术刀，消毒，对准伤处划了一下，包扎好后嘱咐胡厚兴要好好休息，利于伤口愈合。

胡厚兴疼得龇牙咧嘴，骑不了自行车，就一只手推着自行车，走了六七公里，回到学校。

晚上疼得睡不着觉，胡厚兴就在学校院子里走来走去。老师们见胡厚兴如此痛苦，就对胡厚兴说："你回家休息几天吧，我们帮你代课。"

当年，大岩学校还是一所完全学校，一年级到五年级学生有百余名，老师只有六位。胡厚兴教四年级语文和历史，学生们正面临着繁重的学习，因此胡厚兴没有请假，忍着剧痛坚持上课，右手不能板书，就用左手，不能用筷子吃饭，就用勺子。

这次生病，不是唯一的一次，第二次是在 1988 年冬天。

一天清晨，胡厚兴起床时，腰部剧烈疼痛，疼痛感沿着臀部蔓延到大腿后侧、小腿外侧，一直到足跟，扯着疼。头几天腰部就有些不适，他没管，这下难受得要命。怎么办？这天还有好几节课。平时他要求学生不随便缺课，自己更不能随便离岗啊。

胡厚兴平躺了一会儿，将身子侧过去，一点一点挪到床沿；然后，深呼吸，咬紧牙，忍着疼，慢慢站起来，可怎么也挪不动步子。床边有把椅子，靠背比较高，他紧紧抓住靠背，推一下椅子，往前挪一步，吃力地出了房门。

学生们看到胡厚兴撑着椅子艰难地进了教室，都站了起来，几位男生连忙搀着胡厚兴，把椅子抬到讲台上。

胡厚兴倚着靠背，忍着疼痛开始上课，孩子们十分安静。

放学后，同事们陪胡厚兴上了医院。

“你住的地方很潮吗？”

胡厚兴点点头说：“是啊，很潮湿，尤其下雨天，地上总有水。”

医生说：“你这是风湿性坐骨神经痛。除了吃药治疗，还要进行理疗；平常要注意，疼痛时不要大量活动，不能用力做事，更不能提较重的物品；注意保暖，关键是祛风散寒，不然血液循环不畅、经脉不通，会更疼，还会引发各种疾病。”

妻子宋珍瑜每天把药煎好送到学校，朋友和同事纷纷找来偏方，弟弟和姐妹们在春插和“双抢”季节都来帮忙。胡厚兴口服消炎药，贴膏药，戴护腰，吊单杠……不知服了多少药，打了多少针，用了多少土方，中医、理疗、西医，能用的方法都用了；严重的时候，还请医生到学校治疗。

这一次，整整疼了三年，胡厚兴没请过一天假。

胡厚兴曾经跟孩子们讲过一则寓言《住在谷仓底下的老鼠》：

从前有一只老鼠，住在谷仓底下。谷仓地板上有一个小洞，谷子就从那儿漏下来。

老鼠过着美美的日子。他想向他的朋友们炫耀一番，就把小洞咬得很大，然后邀请其他老鼠来做客。“到我家里来吧，”他对他们说，“我请你们每一个来做客。大家都有得吃。”

客人们来了，他把他们领到洞边，却发现那个洞已经没了。

原来，较大的洞引起农民的注意，农民就把它堵死了。

讲这个故事的时候，胡厚兴并没想到若干年后，他家谷仓也进了老鼠，还使他受到严重伤害。

2012年冬季的一天，胡厚兴的妻子宋珍瑜进谷仓时，发现门口有不少老鼠屎，进谷仓可看到老鼠逃窜，连忙跑到学校告诉胡厚兴，家里的谷仓进了老鼠。胡厚兴回家后，四处检查，发现谷仓被老鼠打了个洞，吃了十多斤谷子，就赶紧维修；等他修好了，老鼠又在另一个位置咬出一个洞，好像跟胡厚兴捉迷藏。胡厚兴急得四处打听办法。

一位乡亲听说此事："胡老师，我家养了猫，要不捉去抓老鼠吧。"

放了学，胡厚兴找到一只纤维袋子就去了乡亲家。乡亲把猫装进袋子，交给胡厚兴。

胡厚兴回到家，打开袋子放猫出来。猫的爪子勾住了袋绳，加上换了陌生环境，原本装在袋子里就很惊慌，它冲出袋口，死死咬住胡厚兴的手。胡厚兴使劲甩，怎么甩也甩不掉，手背上，鲜血流了出来。妻子宋珍瑜见状，抄起一根棍子打猫，猫松开口，又向宋珍瑜扑去。胡厚兴连忙去挡。夫妻二人齐心协力摆脱了猫。胡厚兴连忙去厨房找食盐和盆子，到堂屋倒了开水，化成盐水，反复洗了几次，就认为没事了。

到了夜里，胡厚兴的手背肿了起来，疼痛感顺着胳膊一直往上爬，连头顶都疼起来，睡不着。

第二天一大早，胡厚兴手背变成了紫色，连胳膊肘都肿了起来，伤口处不断冒血。胡厚兴顾不了许多，来到学校，继续给学生们上课。

下午，加义学区联校领导曾耕芜等人来学校检查工作。胡厚兴去厨房提火炉给学区领导烤火。学区领导接过火炉时，发现胡厚兴的手变成紫黑色了，就笑着说："胡老师，嫂子脾气够坏的。"

"你想到哪里了。"

"这不是嫂子打的吗？怎么回事啊？"学区领导指着胡厚兴手背笑。

胡厚兴苦笑着说："唉，这人哪，倒霉。昨天被猫咬了。"

学区领导吃了一惊，说："被猫咬了？打狂犬病疫苗了吗？"

胡厚兴说："学生们等着我上课，我不能随便离开。没事的，我用盐水冲了好几次。"

"不行，你现在不要上课了，马上去打疫苗。学校的事我来安排。"

胡厚兴安排好学生后，就去了县城医院。医生责备胡厚兴："被猫咬得这么厉害，昨天怎么不来？你再来晚些，就有生命危险了。"医生给胡厚兴处理了伤口后继续说："被猫咬流血了，要马上用肥皂水进行清洗，洗完之后再用碘酒进行消毒处理，狂犬病疫苗和血清的注射越早越好。你这种情况，一旦感染狂犬病，后果严重啊。"治疗需要花费近三千元，可胡厚兴只准备了一千元，怎么办呢？这时，他想起在县城北源小学教书的老同学、老同事李关明老师。李老师得知胡厚兴的情况后，二话没说，连忙送来了三千元，胡厚兴这才打了血清和狂犬病疫苗。

打完针，胡厚兴立即往家里赶，他想，今天落下了几节课，明天一定要为孩子们补上。

爱上一座山，除了它的清与秀，还有某个时刻行走在熟悉的山路上，伴着乡村的河流，望向田野突然感受到疲倦与温情的那一瞬间。树影碎金，星辰满天，山路烟火，河流溪奔。

这天夜里，胡厚兴躺在床上，望着黑洞洞的天花板，睡不着。失眠经常发生。事情一多，胡厚兴就感觉右边胸部胀痛。这会儿，腹部也莫名其妙地疼。

最近的事太多了，教学任务要完成，还要做家访。罗小平家是一定要去一趟了。课堂上，罗小平把“拼”字读成了“配”，说是他妈妈教的。胡厚兴有点着急，原本平江口音重，学普通话就有些困难，家长这样乱教，孩子小，不知道听谁的才好。他得家访，尽快告诉罗小平家长：“教给孩子学习方法是老师的事，学习、读课文、记忆是孩子的事，督促、检查是老师和家长共同的事。如果你这么教，我再怎么教呢？”

学校围墙的栏杆有几处腐朽了，风一吹，摇摇晃晃的。早期的围墙是用土砖做的，后来改成空心砖墙，再后来改成镂空栏杆，已过去很多年了，风吹雨淋太阳晒，腐朽的地方万一倒下来砸伤学生怎么办？已经联系了几次做工程的人，他们嫌工程小不赚钱，一直拖着。真的不能再拖下去了，明天一上班就得打电话再催，趁这几天晴好，赶紧维修。对了，还要到小卖部买包烟，虽说自己不抽烟，工程队的师傅说不定要抽；还有茶叶，从家里带一点到学校去就行了。

眼皮重重地压下来，胡厚兴依然无法入睡。胡厚兴曾到长沙湘雅医院检查过，医生说他这种情况属于植物神经紊乱，最主要的症状就是难以入睡；还讲了胡厚兴听不太懂的一些医学知识。后来胡厚兴查网络，才知道了一点皮毛：植物神经紊乱也叫自主神经功能紊乱，植物神经系统由交感神经和副交感神经两大系统组成，主要支配心肌、平滑肌、内脏器官等的活动及腺体分泌，受大脑皮质和下丘脑的支配和调节，不受意志控制，所以被称为自主神经。人体在正常情况下，功能相反的交感神经和副交感神经处于相互平衡制约中，在这两个神经系统中，当一方起正作用时，另一方则起反作用，很好地平衡协调和控制身体的生理活动，这便是植物神经系统的功能。如果植物神经系统的平衡被打破，便会出现各种各样的功能障碍。

他试过几回，如果睡不着起来做事，第二天就头疼；不睡吧，一直要到凌晨五点左右才可睡着，到上午九十点钟，人就特别乏。

胸部的胀痛用硬物顶着就好受些。胡厚兴经常拉开抽屉顶住右边胸部，同时用手不断地按压。

医生后来告诉他，植物神经紊乱主要靠调养，不能紧张，多到树林里走一走，放松身心，病就会好些。

胡厚兴想，哪有那么闲，也许退了休就好了呢。

明天还有太多的事，没有精神不行。胡厚兴起来，到堂屋倒了杯水，吃了一粒止痛片、一粒安眠药。

胡厚兴很快进入梦乡，他梦见身体变成一棵粗大的樟树，像他家老屋旁边的古樟树。学生们围了一圈，合抱不过来，他们在树底下嬉笑着跑来跑去，有的做游戏，有的往树干上爬。不一会儿，樟树又变成法国枫树，孩子们在巨大的华盖下快乐地捡红叶；再过一会儿又变回樟树，孩子们朝他仰起小脸蛋，仿佛在嗅着樟树的香气。

胸口又疼又闷，胡厚兴憋醒过来。回味着梦境，他苦笑了，要是真能变成一棵树就好了。如果是一棵树，身体就不会有这么多的疼痛了。

泉水坑老屋左上角的尖栗树

胡老师坐骨神经痛发作时
用于支撑身体的椅子

5
每个孩子都得上学

我们沿着时间的长河逆流而上，回到20世纪80年代，那时候的太阳和今天别无二致，但那时候的生活却与今天天差地别。

这一天，西天落日渐渐沉入地平线，反射出一片彩色的云。胡厚兴卷起裤腿，脱下鞋袜，光着脚，推开厨房后门，来到屋后。一口池塘，扇形，大约50平方米，里面养着草鱼、鲤鱼和鲫鱼。池塘边，梨树刚开过花，起了新绿，桂花树长出朱红色嫩叶，杉树生发淡绿色新芽。胡厚兴喜欢树，所以就喜欢栽树，这些树都是他亲手栽的，梨树种了5年，桂花树种了3年，杉树种的时间长，有近20年。

穿过池塘边狭窄的小路，是一面约50度的山坡，上面分布着十来块大大小小、形状不同的梯田，加起来有三四亩。20多天前，胡厚兴在其中一块秧田里播了种，此时秧苗密密匝匝长成一大片嫩绿，胡厚兴前天已给地杀了虫、归整好，想趁这几天没下雨，把秧苗插入水田。妻子宋珍瑜长年劳作，落下腰椎间盘突出的毛病。她要做家务、干农活儿，还要带两个儿子，胡厚兴不忍妻子太辛苦，每天晚饭后，都到田里抢着干农活儿，他多干一点，妻子就能少干一点。

他把秧苗从秧田扯出来，挑出稗子扔到一旁；用稻秆把秧苗捆好，甩到一块一块水田里。

这时，胡厚兴听见妻子宋珍瑜的呼唤："厚兴，家里来客人了。"他停下手里的活儿，问："谁来了？"

"你看看就知道了。"

胡厚兴洗净手，回到堂屋。

"胡老师。"来的是村里的困难户方石头，他的大儿子是胡厚兴的学生。方家靠两亩薄田维持生计，大儿子方木新是别人过继给方石头的，一生下来就是驼背。方石头给方木新治疗，花了大把的钱，还是不见起色。方石头有次砍树被砸了脚，三年不能正常劳动，而妻子怀过好几胎，身体亏虚。家底薄、流年不利，造成家庭困难，对于方家来说，哪怕是一元钱，也难拿得出。

方石头喊了一声“胡老师”就低下了头。胡厚兴赶紧把方石头让进客厅。灯光下，方石头脸色蜡黄，眼睑浮肿，额头暗沉，嘴唇泛着白。胡厚兴心里纳闷：好好一个人，怎么变成这样了？

“你……身体没问题吧？”

“没什么。胡老师——”方石头嗫嚅着，摸摸额头，欲言又止。

难道方石头又不想让方木新念书了吗？胡厚兴想。五年前，方木新到入学年龄时，每天待在家里，胡厚兴隔三岔五就去方家，说服方石头送儿子方木新去上学。

“我们连饭都吃不饱，哪来钱读书啊……”方石头说。

“不管怎么说，孩子前途不能耽误，书是一定要读的啊。”

“我真拿不出学费呀。”

“每个孩子都得上学！这样吧，方木新的学费我垫！”那时大岩学校还是村小，不是现在的教学点，胡厚兴向校长申请把方木新安排到自己带的班里。那是20世纪80年代初期，胡厚兴还没拿工资，村部参照村里劳动力收入，仅给他每月6元钱生活补助。

方木新终于上学了。在学校，方木新总是独来独往。胡厚兴看在眼里，知道方木新因驼背、家庭贫困而自卑，就对方木新特别关心，课间总是问："木新，上课听懂没？”方木新点头："听懂了。”胡厚兴继续说："如果有不懂的，就来问我，不要怕啊。”后来，在胡厚兴的开导下，方木新性格变了，课间慢慢开始和同学们一起玩，脸上也渐渐有了开心的笑容，成绩越来越好。

这会儿，方石头满脸愁容，又遇到难事了吗？胡厚兴关心地问："你家秧插了没？”

方石头点点头："前几天就插好了。胡老师，我家木新总是说您像伯伯一样对他好。这五年来，都是您垫的学费，我只有这么多。”说完从口袋里摸出几张皱巴巴的一元钱递到胡厚兴手上，起身就走。

胡厚兴连忙摆手，追上去：“不必急着还，不急呀。你先把钱拿着。”

方石头转过身来，死死按住胡厚兴的手，鼻子一抽，带着哭腔说：“胡老师……我亏欠您的……只有来生再报答了。”说完，头也不回地走了。

望着方石头的背影消失在小路上，胡厚兴感觉不妙，又不便追问，就回到地里继续干活儿。

过了几天，方木新哭着对胡厚兴说，他父亲得绝症去世了。胡厚兴吃了一惊，紧紧搂着方木新，不知说什么才好。他这才明白，那天方石头到他家来，不是为还钱，他是来托孤的呀！

轻抚着面前十二三岁的方木新瘦弱的肩头，胡厚兴说：“木新，你爸走了，生活还要过下去，有什么事你就找我。”

后来，方木新小学毕业到镇上读初中，胡厚兴继续帮方木新交学费，直至方木新初中毕业。

在那个时代，在连云村，像方木新这样面对困苦生活的孩子，不止一个。

这一天的课间，胡厚兴在办公室喝了水，慢慢踱到校园西面。那里有五棵法国枫树，树苗是 1981 年春天的一个星期天，胡厚兴徒步到 20 余里外的连云林场买回来的。那天，胡厚兴天刚亮就出了门，买了树苗，夜幕降临才归校，脚都走痛了，回来一刻不歇将树苗种下去。多少年过去，法国枫树一年一年长高、长粗、长美，高大，俊朗，气派。叶子有人的手掌那般大，形状也像人的手掌。枫树沿着西面校园，一字形排开，远远望去，真是一道好看的风景。胡厚兴有时会带着学生们在树下捡枫叶、做游戏。每当累了，胡厚兴只要看看枫树，顿时神清气爽。

“胡老师——”校园外有人喊。胡厚兴望过去，一个中年男人正向自己招手，那人左手提一把菜，身后背一担柴，脊背向前弯曲。胡厚兴认识，他是学生朱少平的父亲，连忙将朱父让到办公室：“快坐下歇歇。”

朱父将手里的菜递给胡厚兴，又将背上的柴卸下来，放到办公室角落。

胡厚兴问：“有什么事吗？”

朱父左眼失明，语速很慢地说：“少平他妈在他 4 岁时难产……走得早，我一个人拉扯伢子长大……”

胡厚兴说："那是真不容易。"

"昨天少平回去说，学费还没交齐，我也正在为难……这担柴，您看能不能抵一点。"

胡厚兴给朱父倒了杯水，说："你先别急，来，喝口水。"

朱父说："菜也抵一点吧？"

胡厚兴把手里的菜递到朱父手上，说："菜你留着吃吧，学费先不急。"

"我老娘八十多了，完全看不见（双眼失明），一直跟着我过……我的负担好重嘞。"

"我能理解。"胡厚兴同情地点着头。

"学费能不能宽限几天？我再去想想办法。"

胡厚兴说："不急不急，我来想办法吧。"

朱父沉默一会儿，端起杯子喝了口水："少平半岁时就患有眼病，有人说要趁小治，可是，治了这么多年，家里钱都花光了，还是有一只眼球没保住，本来就穷，唉，发愁啊！"

"你先回去吧，学费的事，你就不用管了，我来想办法。"

两人说着说着，来到教室。

其实，朱父一进校门，朱少平就透过窗子看到了，他的心里像压着千斤铁一样沉重。父亲在办公室和胡老师聊些什么呢？开学一个多月了，父亲经常在家里为交不起学费唉声叹气。朱少平虽说视力不好，但父亲的愁早就被他看在眼里。父亲的愁无形中笼罩着他的心。他一直坐在座位上，佯装看书，时不时往胡老师办公室方向看。

朱父摸着朱少平的头说："平伢子，你一定要好好读书，听胡老师的话，不要顽皮啊。"

朱少平拼命点头。父亲每天一个人做农活儿，上山砍柴，洗衣做饭，照顾奶奶，他今天来找胡老师，一定是讲家里的情况和困难。到底胡老师怎么说的呢？朱少平不敢开口问。

后面的日子，朱少平总是得到胡老师的关心。"今天吃的什么？""铅笔还有吗？""来，把这些本子拿去用。"

午餐时，胡老师把自己带的菜拨给朱少平吃，拨得最多的是炒鸡蛋。朱少平还记得，只要有同学中午没带饭，胡老师就把自己的饭给同学吃，宁可饿着肚子。这样的事，朱少平数也数不清。

直到许多年以后，朱少平才知道那天父亲和胡老师的谈话内容。父亲告诉胡老师家里的实际情况，胡老师满口答应去想办法。胡老师给上级领导打报告反映朱家的特殊情况，上级拨下的款项，胡老师分文未取，全给了朱父。其实，胡老师所谓的想办法，就是自己垫付了所有学费，包括后来给朱少平买文具和本子。那时，村子里大部分人家都是靠几亩田地养活一大家人，有余钱能供孩子读书的家庭不多，多半学生都是拿点菜和柴抵学费，每次开学，胡厚兴从工资中挤出钱垫学费已成了常态。那时，胡厚兴每月的工资不到 60 元。

胡老师家屋后的池塘

胡老师家屋后的水田

胡老师亲手栽的梨树

胡老师亲手栽的杉树

胡老师亲手栽的桂花树

6
他的脊背是孩子们的山墙

2011年上学期的一天，天阴沉沉的，远处的连云山像被墨汁泡过，一片连绵的乌黑。

中午时分，乌云滚动，电闪雷鸣，倾盆大雨从天而降。大岩小学被风雨笼罩。孩子们撑着伞，一起下楼去食堂吃饭。胡厚兴每次都等孩子们吃完才去吃，这几日天阴，胡厚兴坐骨神经痛又犯了，腰、臀、腿都牵扯着，一直在痛，站也痛，坐也痛，什么姿势都难受。刚上完四节课，胡厚兴感觉疲累，没一点食欲，就在教室批阅作业。

没过一会儿，教室进来一位学生。他抬头一看，是毛童童正端着碗，没精打采地回到座位。

毛童童是胡厚兴 2010 年接收的小岩村北沅组的一年级学生。毛童童入学时，他的父亲毛保山对胡厚兴说："我家童童的身体状况特殊，您能不能对他重点照顾啊？"

胡厚兴问："毛童童到底什么情况？得跟我说清楚，我好有针对性地关注他。"

毛保山告诉胡厚兴，长沙湘雅医院诊断，毛童童脑中长了一个瘤子，随时都可能发病。

胡厚兴轻声问："随时会有生命危险吗？"

毛保山沉默不语。

不问不知道，一问吓一跳。胡厚兴感觉这事不同寻常，压力从心底升起。之后，胡厚兴进一步了解到，毛保山早年做过心脏换瓣手术，换二尖瓣膜，花了十几万元，为毛童童检查身体又花了不少钱，毛家的经济条件一直不好。从此以后，胡厚兴就对毛童童格外关注，对他的身体状况十分关心，无论是上课还是下课，时刻不忘观察毛童童。放学时，只要毛童童的父亲没来，胡厚兴就替他背书包，送他回家。

此时，刚吃午饭没多久，毛童童就回到教室，胡厚兴有点奇怪，轻声说："童童，饭不好吃吗？"

"不是——"毛童童刚说完，猛然咳嗽了两声。胡厚兴听到咳嗽声与往常不同，怪怪的，夹杂着破而尖、类似鹅叫声中的那种高音。胡厚兴连忙忍着身体疼痛，来到毛童童身边，蹲下来。他看见毛童童脸蛋发红，一副疲惫的模样。

胡厚兴有一种不好的预感，决定快点把孩子送交家长带到医院检查治疗，便对毛童童说："我背你回家吧。"毛童童无力地点头。

平时遇到出现状况的孩子，胡厚兴会选择第一时间去看医生，可毛童童不一样，毛童童父亲告诉过胡厚兴，童童的病不能去一般的医院，更不能到乡村诊所，他家里有专门配好的药。

教学楼外，雷声大作，闪电一道接着一道，风呜呜地呐喊助威，雨水从屋檐淌下来，破了天似的，巨大的雨帘斜飘着，一米多宽的走廊全湿了。

胡厚兴望了一眼灰黑色的天空，果断地冲向办公室，取出一把大伞，撑开，塞到毛童童手上："童童，你要坚持一下，把伞撑好，别淋雨。"说完，蹲下身子，背起毛童童，拎着书包，冲进雨帘。

毛童童的家在距离学校大约二里地的山上，小路大多崎岖，坡度较大。有的路段是被脚踏出来的泥土路；有的路段是石头垒成的一级级台阶，多半陡峭；有的路段绕着山体弯弯曲曲，顶多一肩宽。

雷声轰隆，一声接一声，震耳欲聋；锯齿形的电光，一亮一亮的，像雪白的利剑，不时狂撕着黑压压的天幕，击打着铅灰色的山峰。风声、雨声，交织在一起，胡厚兴感觉那场面真像一个巨人挥舞着利剑在往他们身上乱砍。空中的雨仿佛一面大瀑布，将远处的景物隔绝得十分模糊，眼前只剩下白茫茫一片。小路两旁，杉树、樟树、桂花树，还有大片的楠竹，此时都失去了平日的温柔，被雨水浇打后，东摇西晃，树枝被风吹得呼呼作响，就像随时会倒下来一样。

路面湿滑，泥泞不堪，走一步，滑两下。胡厚兴借着闪电的光影，探清脚下的路，一步一步往上爬。毛童童手里的雨伞不断被吹翻，他又顶着风翻转过来。

雨水不停地往胡厚兴和毛童童身上落下来，渐渐地，胡厚兴的头发、衣服、裤子、鞋子全湿了，毛童童背上湿了一片。胡厚兴牢牢抱紧毛童童的双腿，时不时把腰背往上拱一拱，防止毛童童往下滑。胡厚兴每走一步，都用很大力，稳稳踩到水洼里，他在心里对自己说，绝不能摔跤，绝对不能。

闪电越来越亮，雷声越来越响。不时地，胡厚兴大声问："童童，你舒服点了吗？没事吧？"

"嗯。"毛童童的回答几乎只有他自己能听到，风声雨声遮盖了一切。

大约二里山路，胡厚兴爬了 40 多分钟。看到毛童童的家近在眼前，胡厚兴大声呼喊："保山，保山，快——"

毛保山从屋里奔出来，接过毛童童，不断道谢："胡老师啊，真是谢谢您啊！每次都是您背回来，这让我们怎么受得起哟！"

胡厚兴连连摆手，说："今天童童的咳嗽声蛮特别，你们要尽快送童童去医院。"转过身，胡厚兴就往学校赶，学生们还在教室等他上课。他担心毛保山不重视，又返身大声叮嘱："保山，一定要送医院，快去啊！”

冒着大雨，胡厚兴赶回学校，赶紧换了衣服。走进教室时，他才感到腰痛得快要断了，他让学生把椅子搬到讲台，下午的课就坐着上了。

第二天，胡厚兴从家里拿了几百元去探望毛童童，得知了后面的事：毛保山听到胡厚兴急切的叮嘱，看到怀里的童童很虚弱，立刻带童童去了献钟医院。献钟医院说治不了，要他们立刻去平江县人民医院。后来，县人民医院诊断为急性神经性喉头炎，当值医生说，这种病很危险，如果再耽搁半小时，就有生命危险了。

毛保山知道胡厚兴家经济并不宽裕，连忙推辞：“您是童童的救命恩人，哪能还要您的钱哪。”

胡厚兴把钱塞进毛保山手里，说：“你先拿着用。”

懂事的孩子有困难，不懂事的孩子更有意想不到的困难。

有一年秋天，新学期开学，大岩小学来了一位申请读一年级的小女生，叫严婕。家长告诉胡厚兴：“严婕有点不懂事，还请胡老师多多关照。”

其实，每年开学，胡厚兴都会听到家长们这样嘱托，便也没觉着特殊，反正在他心里，每个孩子都是要用心关注的，不存在厚此薄彼。

第一节课是入学教育，胡厚兴按照教学计划，指导孩子们怎样保护好书，怎样遵守学校纪律，怎样做好个人卫生，怎样注意安全第一。

“啪啦”一声响，所有目光都望向响处——严婕的座位空了。胡厚兴弯腰一看，只见严婕滑下座椅，溜到课桌下了，手里玩着纸片，嘴里嘟嘟囔囔，不知说的啥。胡厚兴赶紧过去，几番劝说才把严婕从课桌底下请出来，牵着她的手慢慢回到座位，然后接着上课。

没过一会儿，只见严婕将水彩笔泡在茶杯里，准备把溶解的水倒进嘴里。“严婕住手。”胡厚兴一个箭步冲上去，一把抢过茶杯。

严婕大声哭喊：“赔我的饮料！赔我的饮料！呜——呜——”

胡厚兴说：“这不是饮料，喝了会中毒的。”

“就是饮料，不中毒……”严婕索性胡闹起来，把书包、衣服、文具扔到地上，一边哭一边冲出教室。

学生们都不解地望着胡厚兴。

胡厚兴面露难色，对其他学生说：“严婕可能从没上过学前班，大家不要介意，而且你们要更加遵守学校纪律，当好我的助手，我们共同帮助她进步，好吗？”

学生们说：“好——”

上课铃响的时候，严婕还在操场上玩。几位同学跑过去拉，她不听。胡厚兴来到操场上，对严婕说：“小婕，你现在是学生了，要到教室上课，来，听胡老师的话，好吗？”严婕顺从地回到教室。

胡厚兴开始讲课。

“你看，城堡打开了，王子找到公主啦——看哪，公主穿着粉红色的长裙子，真漂亮啊！”严婕大声嚷嚷着。

胡厚兴走过去轻声对严婕说：“小婕，你看二年级的小伙伴做得多好，他们都在看书、写作业，我们一年级的小朋友也做得挺好，听得很认真，我相信你也能做好，你说是吗？”严婕没多大反应，只是睁大眼睛呆呆地看着胡厚兴，说：“城堡又关了。”

胡厚兴感觉自己以失败告终。放学后，严婕的爷爷来接严婕回家，胡厚兴告诉他，晚饭后要去家访。他想告诉严婕的父母，把严婕送到特教学校去。

晚饭后，胡厚兴来到严婕家，她父母都没回，严婕爷爷热情地把胡厚兴让进屋，说：“不好意思啊，胡老师，我家小婕让您费心了。我们也是不得已。”说着从抽屉里拿出一张医院诊断书，“小婕得的是‘唐氏综合征’，小婕的舅舅说，医院专家会诊后，口头告诉他家庭要有思想准备，小婕可能只有 3 岁智力，6 岁寿命。可现在她 8 岁了，已经出现了奇迹，非常幸运，但是她的智力发展较慢，不如同龄的孩子。把她送到大岩小学前，也有人说，去办智残证明，尽量把她送进特教学校。可是我儿子、儿媳有顾虑，不同意办证，也不放心她上特教学校；到特教学校，就担心那里的老师没有胡老师您这么耐心和亲切。我儿子说，把小婕放到您班上启蒙，才是最好的选择，他们才能放心。”

胡厚兴默默回到家里，感觉肩上有千斤担子重重地压下来。

有一天，教室里散发着一股屎臭味，一看，原来是严婕把屎尿拉到裤子里了。

胡厚兴对其他学生说：“严婕的情况有点特殊，

同你们有点不一样，我们都不要批评她，更不能指责她。”然后，他把严婕送到家里换衣服。

再以后，每节下课，胡厚兴就提醒：“小婕，下课要上好厕所，裤子尿湿了，你就不舒服啊，对不对？”

胡厚兴发现严婕很在乎她妈妈，就同严婕聊天：“你坐课桌底下，衣服弄脏了不好看，也不好洗，你妈妈会不高兴的。”严婕很听话，慢慢地就不在课桌下玩了。

胡厚兴见他的话奏效了，便觉得严婕可教。在班级评比总结会上，胡厚兴看到严婕对奖状特别感兴趣，就随手拿出一张空奖状，在上面写了三个字“好孩子”发给严婕，说：“只要你听老师的话，和同学们交朋友，胡老师以后还会把‘好孩子’的奖状发给你，你说好吗？”严婕捧着奖状，特别高兴，微笑着对胡厚兴不断点头。

严婕在操场上玩热了，就把衣服随手扔到操场上，胡厚兴跟在后面，丢一次捡一次，放到严婕座位上。有时，上课铃响了，她还在厕所玩水，弄得满身湿。胡厚兴说：“小婕，你的衣服到处扔，妈妈知道就会不喜欢了。你是个听话的好孩子，再别到处扔了，好吗？”“小婕，你把衣服弄湿了，穿着就不舒服。再不玩水了，好吗？”

严婕在大课间做操，胡厚兴竖起大拇指说：“小婕做得真好！”严婕跟同学们一起吃午饭，胡厚兴就对她说：“你是个懂事的小姑娘！”“大口吃，吃饱了长个子。”

课堂上，严婕能认识一些字，还能写出简单的字来了，胡厚兴鼓励她：“小婕是个聪明的孩子，还可以做得更好嘞！”

有位家长问：“胡老师，您耐性怎么这么好？”

胡老师说：“尽管教这样一个学生非常吃力，一件简单的事情往往需要教几十次甚至几百次，比教十个正常学生还辛苦，但我的心里是乐意的，也是踏实的。”

渐渐地，严婕变得懂事了，爱笑了，守纪律了，身体也一直没出状况，健健康康的。她开始与胡厚兴有了简单的交流，脸上有了明显的喜怒哀乐的表情。这个曾被医生诊断不久于人世的孩子，长成了一个快乐的小女孩，可以与其他孩子一样正常地学习了。胡厚兴终于松了一口气。

两年后，严婕到镇上别的学校读三年级，一切正常。

胡厚兴的工作日志差不多有几百本，在日志里，他会详细记录每节课的内容，每位学生的表现、课堂作业情况、家庭作业情况，以及他所关注的学生的每一点进步、每一个问题。

他的工作日志里，有这么两篇短文：

甜蜜的微笑

于颖是2018年下学期入学的一年级新生。刚入学时，她给我留下的印象是文静、沉默、一言不发，连教她读“ɑ”都张不开口，不出声……

一周、两周悄悄地溜过，我用尽了所有办法，都无法听到她的声音。但是，我想到她肯定不是智障，迟早会撬开她的口，一定会听到她美美的读书声……

在接下来的时间里，只要一有时间，我就陪她读拼音。她不读，我让她听；她不想听了，就陪她去玩。到了第六周，我咽喉疼痛，一节课后很难发声，课堂上就安排小老师领读，我小声对她说：“你只要敢上来，愿意当小老师就挺不错。”我和同学们一起鼓励她：“往常你不能发音，老师替你发音，今天老师的声音太小，你能帮助老师一下吗？”

她怯怯地走上讲台，轻轻地说话了。

这下，我终于听到她的声音，虽然很小，却很好听。

后来，我反复鼓励，多方引导，今天她终于敢独立读课文了（不过很多字由老师代替发音）。

在我和同学们的一阵掌声之后，她读完了《小蜗牛》一文，我看到了她甜蜜的微笑。这时，我的心里更是甜甜的。我不由得对同学们说：“于颖努力了，进步了，大家再次为她加油！”教室里又一次响起热烈的掌声。

努力的背后是收获

2019年初，张小龙同学从浙江转入我校就读一年级。张小龙报到时，他的父母告诉我：“小龙学习基础不太好，不爱读书，不爱做作业，也不跟任何人交流，要给您添麻烦了。”

我回答他们：“你们不要急，慢慢来。”

第一节课，张小龙写的作业，我一个字也看不清，一个字也不认识。我要张小龙读给我听，他不理我。后来，我教他写字，握着他的手，从点、横等基本笔画开始；拼音从“ɑ”开始。他还是不开口读书、不与人交流。我尽量挤时间在课外活动时与他接近，带着他一起做游戏，只要一发现他的闪光点，就趁机鼓励，肯定他的进步。

经过一年半的合作，到2020年上学期统考，他的语文、数学双科终于达到了优等，书写也漂亮了，还能登台朗读课文。张小龙的父母十分高兴，对张小龙充满希望。我也深深体会到“努力的背后是收获”。这也是我在家访中经常说的一句话。

去往毛童童家的泥土路

去往毛童童家的石头台阶

第三章

他眼里只有连云山

7
启蒙了一千多人

启蒙他的人

胡厚兴并不是大岩学校最早的老师。他 1962 年出生于湖南省岳阳市平江县加义区大岩大队江塓生产队泉水坑山沟里。1969 年，胡厚兴 7 岁，上田岩寺小学时，他的启蒙老师是杨奇玉。

杨奇玉今年 76 岁，眼不花耳不背，对当年教书的事记得一清二楚。杨奇玉年少时在平江天岳书院读书，后因家道中落，被迫辍学。她性格开朗，主意多，一副天不怕地不怕的样子，嫁到大岩村后，大队部就请她到田岩寺小学当民办教师，教语文和音乐，和她搭档的是教数学的谢晚娥老师。

杨奇玉教的第一个班有60多名学生，好多学生的名字至今她都叫得出来——胡厚兴、黄明珠、吴增祥、黄白奎、童检良、黄爱松、黄从兴、黄雍陶等，对胡厚兴印象最深。

1974年，杨奇玉教书的第五个年头，胡厚兴上五年级，田岩寺小学房屋破损严重，学校临时搬到村部，同时新建大岩学校。没有课桌，学校动员学生们自力更生，胡厚兴和同学们搬来许多土砖土块垒起，上面搁块木板当课桌，再从家里带把椅子，就开始上课了。一个多学期后，大岩学校建好，胡厚兴小学毕业，在这里接着念初中。

在杨奇玉的印象中，胡厚兴纯朴厚道、尊老爱幼，爱学习、人品好、重情义，尤其能吃苦。胡厚兴住在海拔385米的连云山腰，距离学校七里路。山路崎岖陡峭，他每天上学，背着一只木书包，下山需要半个多小时，放学回家爬上山需要50多分钟。胡厚兴兄弟姐妹五个，上面一个姐姐，下面两个妹妹、一个弟弟，他虽排行老二，却是家中长子。

20世纪60年代至80年代初期，加义镇叫加义区，献冲乡叫献冲公社，大岩村叫大岩大队，大队下设八个生产队，胡厚兴所在的是江塅生产队。他家八口人（包括祖母），而参加大队劳动的只有胡厚兴父亲一人，那时在生产队劳动，每天只有10至12分，每10分0.35元。一年365天，哪怕一天不休息，也只有三四千分，每年收入不到200元。胡家人多劳力少，生活贫困。父亲是队里的主要劳力，天亮而作，天黑而息，整天在生产队里忙，母亲除了做家务、带小孩，还要种菜，为队里养一头牛、两头猪。田间地头到处种着庄稼，放牛要人看管，否则牛会糟蹋庄稼；还要割草给牛吃。没有主粮（谷子、玉米等）给猪吃，饲料就是采的野菜，如鱼腥草、糯米藤、早春树叶、盐肤木树叶、甜菜、苦菜、葛藤、野党参苗等，回家切细，再放入锅里煮成野菜粥，一头猪从年头喂到年尾一般只有一百五六十斤。

胡厚兴的姐姐没上过学，不到10岁就开始帮母亲照看弟妹、做家务，12岁到生产队参加劳动。胡厚兴读书、做作业时，姐姐就在旁边铡猪草、做布鞋。胡厚兴读课文，她就跟着读，胡厚兴还没背会，姐姐就背出来了，她经常在田间地头用小木棒练习写字。聪明的姐姐后来学会了记工，口算简单的数字，用钱也不会出错了。

家务劳动是繁重的。胡厚兴天还没亮就起床，从牛栏里把黄牛赶出来，到路边有草的地方，放一个小时的牛才回家吃早饭；吃完早饭，背上书包去上学。放学后，功课不紧时，胡厚兴就会拿起刀，到山上去砍柴。星期天白天上山砍柴，晚上他就把柴锯成一段一段的，每段约 40 厘米长；如果砍的是松枝，就把松枝一捆一捆地捆好。有时星期天不上山砍柴，胡厚兴就和小伙伴们挑着柴一起到十几里外的献钟供销社、卫生院、烧瓦棺的窑棚、学校等地方去卖。刚开始，每担只能卖 3 角钱左右，这些钱除了买一些文具，多余的还会交给父亲这位当家人。那时单位上也不富足，有时，把柴称了，没有钱付，只能记账。胡厚兴有时挑着一担柴，要找上好几个地方才能把柴卖出去。卖柴的钱，攒起来，就是胡厚兴的学费。

每天晚上，胡厚兴把楠竹切成一小根点燃，插在墙上，就着火光看书写字。他的字非常工整，用的本子，是村里纸棚手工制作的表面粗糙的黄色火纸，裁剪后用针线缝制而成的。

胡厚兴上初中时，外婆给他带的酸菜，分几餐吃；酸菜吃完了，瓶底还有一点点油，也舍不得倒，留下来和着饭吃一顿。胡厚兴懂事、节俭、勤劳，下雨没伞就戴斗笠，没雨靴就光着脚，受了委屈，从来不吭声，这些，都是令杨奇玉心疼的地方。

杨奇玉引以为傲的是，虽然学生们出身贫穷，却都有出息。胡厚兴、吴增祥是校长，黄明珠担任连云村支部书记，黄从兴做了医生，黄雍陶是理发师，童检良当兵参了军，是一名老兵。

杨奇玉身体不好，教了八年书，转岗到公社工作，但她一直关心学生们的成长。她记得胡厚兴初中从大岩学校毕业后，就到献钟中学读高中，高二时，考上平江十三中，成绩很好。杨奇玉听一位唐姓同学的哥哥说，胡厚兴上高中时成绩很厉害，只可惜他高考时，分数只差一点点就考上大学，就鼓励胡厚兴："你差几分落榜，复读还是有希望再考上大学的。"

胡厚兴说："高中最后一年，家里拿不出十元钱书杂费，差一点儿没读成，还是爸爸出去借钱交的。"家里实在太穷，他不敢提复读的事。为此，杨奇玉一直为胡厚兴惋惜。

后来，大岩村几位知青老师要回城，急缺老师，村部经过研究，通知胡厚兴到大岩学校代课。过了一个月，胡厚兴参加民办教师招考被录取。原来，胡厚兴虽然高考失利，却一直申报各种考试，1986 年取得中师文凭，1987 年参加招教考试，成为国家公办教师……

师生情浓，杨奇玉退休以后，胡厚兴经常到杨奇玉家里走动，关心她的生活，还建议杨老师多看书、看电视，了解社会发展动态。杨奇玉对于国家的发展和社会的变化很感兴趣。如今，除腰腿疼外，杨奇玉身体健康，守着家里的二亩地，种粮食和蔬菜，养几只鸡，生活平淡而稳定。

人退休后特别爱怀旧，尤其是十八九岁时的事，更是难以忘记。

46 年过去了，李职模梦里常回大岩村。她在大岩村当过老师，教的学生很多，大部分名字都模糊了，可有一位学生经常浮现在她脑海中，尽管过了很久，她还是清晰地记得这位学生的名字——胡厚兴。

2021 年 4 月，李职模和老同学一行九人自驾来到连云山。李职模觉得，大岩村比以前更美了，她一时说不出哪里更美，她的眼睛不够用：远方群峰连绵，近处田野嫩绿；纯溪，舒舒缓缓、清澈见底，微风拂过，阵阵涟漪；溪边茂密的樟树、桂花树、杉树、狗骨树，从前都没有。

1973 年，李职模响应毛主席“农村是一个广阔的天地，在那里是可以大有作为的”“知识青年到农村去，接受贫下中农的再教育，很有必要”的指示，同广大知识青年一道，高中毕业后离开平江，来到加义区大岩大队。

李职模和同学们户口落在茶园旁边的生产队，遇到春插、双抢、秋收三个忙季，李职模就和农民一起到地里干农活儿。

1975 年，连云山区有文化的人不多，教师少，经大队党支部研究决定，安排李职模、凌欢迎、林正新、李加根到大岩学校当教师。大岩学校分为小学部和初中部，小学五个年级，初中两个年级。李职模担任政教主任和初一年级班主任，主教语文，兼教政治、历史等科目。

胡厚兴就在李职模班上。李职模对胡厚兴的最初印象是朴实厚道、学习刻苦，虽说家住在连云山半山腰，路途很远，他却从不迟到。

那段时间，李职模经常腰疼得直不起来，还忍着疼痛给学生们上课。

有天下课，胡厚兴问李职模："李老师，您是哪里不舒服？"胡厚兴平时话不多。

"腰腿疼。"

过了几天，胡厚兴手里捧着一大把草药兴冲冲地进了李职模办公室："李老师，您用这些熬水喝吧，这些草药可以治腰疼腿疼。"

李职模惊喜地看着满头汗水的胡厚兴："你怎么知道的？"

胡厚兴轻声说："我六岁时，我姐被棋盘蛇咬伤，家里没钱，请不起蛇医，我爷爷知道什么草药治什么病，就上山找草药为她治；我跟着爷爷一起上山，爷爷告诉我这种叫摇竹消的草药专治腰痛。"

李职模半信半疑接过草药看了看，闻了闻。

胡厚兴说："摇竹消专治腰痛，民间流传这样一句话——'八十公公痛腰，走不过摇竹消'。我告诉爷爷您腰疼，我爷爷还采了满山香和阳雀花，煎药喝，腰疼可以好的。”

李职模说：“谢谢你，谢谢你爷爷啊。”

胡厚兴指着草药说：“这是摇竹消，这是满山香，这是阳雀花。满山香是一种树（实为高大的草本植物），叶子散发芳香，我爷爷还说，如果是扭伤等疼痛，可以用满山香加白酒炒，再用布包着在疼痛处来回推动，阳雀花就与鸡蛋和着煮着吃，有较好疗效。”

那些遥远的记忆碎片像潮水一般向李职模涌来。当年的胡厚兴同学如今怎么样了，大岩学校还在吗？

有人告诉李职模：“胡厚兴现在是大岩小学（当年的大岩学校后来由于生源不断减少，只剩下小学，最后只剩两个年级）的校长、教师、保安、门卫……反正他什么都是，因为学校只有他一位教师，他在那个小学坚守了很多年，很不错啊。”

李职模心里感慨万千，她一定要去见见胡厚兴，看看当年的学校。

大岩村现如今与连云村合并后，统称连云村。山村的变化真大，她都认不出路了。以前农民住的茅草屋，现在都变成了一栋栋小洋楼，看得出，老百姓的日子越过越好了。通往大岩村的路一改往日最多一米宽的泥泞田埂，此时已经硬化，铺成了柏油马路，宽度相当于两条车道。李职模沿着宽阔蜿蜒的马路，找到曾经的大岩学校。

学校还是那个学校，可格局全变了，以前这里是一个四合院、一个大礼堂、几间简陋的教室和教师宿舍，现在，四合院不见了，学校栅栏围墙刷了白色油漆，当年土木结构的房子变成了粉刷一新的两层教学楼。教学楼前是升旗台，五星红旗正在空中高高飘扬。升旗台左侧有一个小花坛，里面种着菊花；右侧种着一棵泡桐树、一棵桂花树和一棵扶桑树。李职模老师想象着扶桑树在秋冬季节会开着玫红色的花，那样的话，就更好看了。操场方方正正，左边是三棵桂花树，旁边是乒乓球台，紫色的牵牛花穿过白色水泥栅栏，从外面开到学校里来了；操场右边的栅栏外面三棵樟树笔直、青绿。

学校铁栅门从里面上了锁，难怪，一个人的学校，可不得锁上嘛。扶着门框，李职模的眼睛渐渐湿润，46 年过去，学校的变化实在太大了。如果学校不是在原地，李职模根本不敢相信这个充满现代气息的校园是她曾经教书的地方，那个时候的学校是多么破败和落后啊。

不知是谁喊："胡校长，胡校长，有人找你嘞——"

"当，当，当，当……"下课铃声，李职模听出来了，当年的铁环还在使用。

一位中年男人笑眯眯地从教学大楼走过来。李职模认出来了，他就是胡厚兴，虽已人到中年，他的相貌和身材，还有憨厚朴实的笑容依然是记忆中的模样，没怎么变。

胡厚兴喊："李老师！"打开了铁门。

李职模高兴地问："厚兴，还认识我吗？"

"当然认识，李老师，身体还好吗？"

"我们 46 年没见过面啦。"

胡厚兴掩饰不住内心的喜悦，搀着年老的李职模："快进来——"

"学校变化真是太大了。你也快六十了吧？"

"明年就到退休年龄了。"

"有什么打算吗？"

"在家带孙子呗。"

"你都做爷爷啦，有几个孙子啊？"

"四个，孙女 8 岁，在献钟小学上三年级，两个孙子 4 岁，还有个小孙子才几个月大。”

李职模告诉胡厚兴，1976 年招工回城离开大岩后，她就到平江张市中学教高中，1978 年全国恢复高考，李职模和班上学生一起参加高考，学生们没考上，她考上南京理工大学，毕业后被分配到湘潭机器厂做技术工作直到退休。

胡厚兴心里说不出地高兴，陪同李职模围着学校转了一圈，在办公室门口合了影。这时，他的手机闹钟响了。这是提醒他要上课了。

他启蒙的人

胡厚兴接过杨奇玉和李职模的教鞭，成为大岩学校的启蒙人。如今，他启蒙过的刘根玉又接过了他的教鞭。

刘根玉 1976—1982 年上大岩小学，是胡厚兴所教第一届毕业生中的一员。在胡厚兴眼里，刘根玉尊敬长辈和老师，处处表现文雅；善于团结同学，从不与同学争吵，经常帮助远道的同学扫地；生活朴实，在父母面前从不挑吃穿；学习勤奋，每次家访时，总是见到她在不亮的灯下认认真真地学习；每次考试，学习成绩基本上不是第一名就是第二名，很少得第三名。刘根玉从大岩小学毕业后，就读献钟中学，高中考入平江三中，后又考入岳阳师专，现在平江一中任教。她眼里的胡老师是这样的：

胡老师是我的小学老师，那时他还是一个十七八岁的青年。在我们那个偏僻的村子里，他是少有的几个读了高中的，在我们这些小孩子心中就是有本事的人。父辈们谈起他来，说他是“读书伢子”，我们这些小孩子都仰视他。

小学三年级，胡老师当我的班主任，教我语文。他每次板书都是一笔一画，写得一手好字。无形中，我们做学生的每天耳濡目染，在写字上也很下功夫，互相较着劲，比赛着写出最漂亮的作业。胡老师在我们的一笔一画上也花了很多心思，指导我们习练毛笔字，让我们这些“泥巴猴”身上有了一些墨香味。

胡老师对我们一向很温和。那个时候，我记得一开学，村民们把小孩交到老师手上时，都会说：“胡老师啊，我家的伢子不听话，你只管打嘞。”家长们认为，老师打孩子，是对孩子严格要求，是为了孩子好。但胡老师从来没打过我们，如果我们做错了事，他会温和地批评我们，批评的时候主要是讲道理。

当时，有些调皮的男同学背后对胡老师直呼其名，如今，这些男同学已年过半百，再见面时，都恭恭敬敬地称呼“胡老师”。那时，有同学带了弟弟、妹妹们来学校读书，教室充当了临时托儿所，胡老师将这些学龄前儿童一并接纳了。今天想想，那个时候胡老师的课堂，多么温馨！

胡老师对我的启蒙，还在于开启了我对阅读强烈的兴趣。午休时间，他给我们读文章，为了吸引住坐不住的小孩子，特地选了有紧张情节的故事，我记得有抗美援朝的故事，有《三国演义》里的故事……

胡老师使我们都喜欢上了阅读。同学们都跃跃欲试去讲台上读一读，我就在讲台上尝试过朗读，也和其他同学 PK 过，虽然朗读毫无章法，我们这些山里伢子也有了新玩法！

胡老师当时的做法，从今天的角度看来，很符合现在的教育理念。他带着我们去山上挖树苗，种在学校，我们后来回校都会去看看自己的劳动成果；他带我们打羽毛球、乒乓球，那时真是体验了高级体育运动。今天想起来，胡老师用心来做的这些事，都是我成长岁月里最宝贵的体验。

“流光容易把人抛，红了樱桃，绿了芭蕉。”我也成了一名老师，也像胡老师当年放飞我们一样，送走了一届届学生。简单、程式化的生活，让我萌生过下海扑腾的冲动。但回头望望，胡老师还在原来的学校，不改初衷地当着一名山村教师，为家乡的后辈启蒙。我终究没有迈出那一步，这一坚守就是30年，和胡老师遥相呼应，将一批批平江学子送往外面的世界。

我不知道胡老师是如何跨越“老师也有喜怒哀乐”这个坎儿的，我初为人师时，总会被学生气得要爆炸，气得怀疑人生。我一想到胡老师当年总是鼓励我们，未见他雷霆大怒的时候，就心中释然，慢慢挺过来了。我现在对待学生，总是以欣赏的眼光看他们。原来，胡老师就是我人生的引路人。

年岁渐长，小时候的同伴相聚，总有一个话题：胡老师还在学校教书吗？听说胡老师还坚守在那里，灵魂的家园还在，艰苦而快乐的时光还在，大家心里都有一种安定感。有几年，胡老师选择了去条件更艰苦的山村学校，我们心里感到空落落的。

胡老师与世无争，守护着一个村庄的精神家园。

他为一代又一代的儿童启蒙，打开知识的大门。他是那位为村里人家写春联的先生，又是村里喜丧大仪的主事。可以说，他就是这个村庄的文化符号，他用所学反哺了生养他的小山村。我回望自己的从教生涯，虽自诩教育学生上了大学，但对生养自己的山村，我做过什么呢？

他启蒙的人启蒙他人

得知扎西多吉生病的消息，黄建国心里比谁都急，抓起钱包就出了门。15岁的扎西多吉是来自西藏的牧民，家里有五个兄弟姐妹；爱学习的他，在青海读的初中，以优异的成绩考进湖南民族职业学院。他这一病，远在家乡西藏的父母是不可能过来照顾的，并且，扎西多吉的钱一定不够。手里没钱的滋味黄建国是知道的。

黄建国在去医院的路上，脑子里闪现的，却是小学老师胡厚兴慈爱的形象。

1982年，黄建国6岁，上的大岩小学。那个时候，同学们家里都很穷。穷到什么地步呢？黄建国每年四块五角钱的学费都交不起。黄建国父母种田，家里三个孩子：姐姐、他和妹妹。爷爷过世早，家庭基础差，底子薄。黄家养了两头猪，粮食不够吃，黄建国父亲就去找村里人口少的人家借粮。

粮食可以借，四块五角钱的学费没法交怎么办?黄建国的父亲上山打了柴，挑了一担大约 150 斤，就到学校找胡厚兴。

“胡老师，我家实在拿不出钱，这担柴抵一点，其他的学费先欠着？”当年 100 斤一担的柴可以卖 8 角钱，黄建国父亲要负担三个孩子的学费，压力很大。

胡厚兴收下柴，说：“其他的，就暂缓，我先跟学校打个招呼吧。”

“家里实在是拿不出……靠养猪卖点钱，现在猪还没到杀的时候。”

那些过去的记忆，父亲苦着脸找胡老师的情景，黄建国至今记得很清。直到很多年后黄建国才知道，胡老师根本没跟学校打什么招呼，学费都是胡老师垫的。那个时候，胡老师还没拿工资，国家给他每月生活补助 6 块。

大岩学校旁边有块菜地，胡老师经常带着学生们一起种菜。什么菜都种。利用下午文体活动的时间，胡老师和同学们一起挑水，翻土，浇肥，匀苗……黄建国就是在那个时候跟着胡厚兴学会了种菜。

1982—1987 年黄建国在大岩学校读书的时候，大岩学校属于村小，上百名学生，都是村里的孩子、左邻右舍的伙伴，而老师仅有六位。1987 年，黄建国小学毕业后，上献钟中学，1990 年考上平江三中。高中时期的黄建国学习成绩很好，毕业时，家里人认为当老师好，师范生交的学费相对少（一般大学学费要 1400 至 1500 块，师范学院只要 900 块钱），每个月还有 68 块钱津贴，黄建国就报考并考取了湘潭师范学院。

黄建国到医院第一时间就去找主治医生。医生告诉他，扎西多吉是不习惯内地的气候，得的肺结核。

果然，扎西多吉交不起住院费，黄建国赶紧把钱交了。扎西多吉住了十几天医院，黄建国在医院照顾了九天。

“一共是 4700 块。”出院结算时，窗口报出费用。

扎西多吉很感动，用他并不熟练的汉语说：“谢谢黄老师！等我家里寄钱来，就还您。”

“不着急，你把身体调养好再说。”黄建国不要学生谢，尽管他的工资还不到 1800 块，但他是班主任，就应该垫钱。比起他的老师胡厚兴，他这样做算什么呢?

扎西多吉出院不久，女生德吉梅朵也生了一场病，把钱花掉了，一时交不出学费，黄建国知道后二话没说，垫了 2400 块。

“黄老师，我给您打个借条吧！”

黄建国对德吉梅朵说：“不用！等你上班了再还也不迟。”

这些西藏孩子要在湖南上五年大专，学的是小学教育。黄建国总是想：以前胡老师是怎么对我的，我当老师后就怎么对学生，等扎西多吉和德吉梅朵当了老师，他们就知道怎么对自己的学生了。他这样对学生好，学生以后自然会对他们的学生好。老师教学生的，不仅是知识，还应该有一种传承、一种精神、一种情怀。

湖南民族职业学院是国家教育部批准设立的全日制公办普通高等学校，办学层次为专科，学校位于国家历史文化名城湖南省岳阳市，属于全国师范类名校；同时它与西藏对口，专门培养西藏小学教师。当初黄建国主动接手西藏班的时候，就有各种各样的思想准备。五个班，200 多名西藏生，孩子们不适应内地的气候，容易生病，同时在语言上对汉语存在一定的障碍；孩子们十五六岁远离家乡，缺乏亲情的关怀，这都需要像他这样的老师去关心，不仅是生活上，还有学习上的。他所带西藏班学生，从分不清汉语拼音方案到全部拿到普通话水平测试合格证，从 26 个英语字母认不全到 90% 的学生都通过英语三级考试。他所带的班级，多次被评为省级先进团支部，并有 26 位同学光荣加入了中国共产党。毕业的学生都能顺利回到家乡就业，大部分都投身到当地的教育事业中。

黄建国的特殊贡献受到湖南省委、省政府的关注，2015 年 4 月，中共湖南省委、湖南省人民政府授予黄建国“湖南省劳动模范”称号。2015 年 10 月，岳阳市人民政府表彰黄建国为我国社会建设做出的突出贡献，将他评为“岳阳市政府特殊津贴专家”。黄建国现为湖南民族职业学院副教授、国际经济与贸易学院院长，商务英语专业带头人，湖南省职业院校教育教学评估与咨询专家委员会专家库成员；主要研究方向为英语教学法与翻译。近年来，他主持和参与了省级以上课题研究 8 项，在省级以上刊物发表论文 21 篇，主编、参编教材 6 部，出版专著《移动学习视野下的英语教学与创新思维》。

1979 年，胡厚兴在平江十三中高中毕业时的合影

青年时期的胡厚兴

胡厚兴的启蒙老师——75 岁的杨奇玉

2021 年胡厚兴与李职模老师（左）合影

1995 年胡厚兴（二排右二）在大岩小学带的其中一个班级的毕业合影

8
伢子们走出了大山

当一个人把心血全部奉献给一片土地时，这片土地一定会开出繁盛的花。43 年来，胡厚兴在连云山默默耕耘，任教期间，村里没有一个孩子辍学。他记不清自己到底教了多少名学生，也许只有连云山会记得。据不完全统计，胡厚兴启蒙了连云山 1000 多个孩子，有不少家庭三代人都是胡厚兴的学生。他启蒙的学生当中，有大学生、硕士生、博士生，无数山区学子走出大岩，走向四方，走向世界，取得了不平凡的成绩。

胡厚兴启蒙过的学生林峰，从大岩小学毕业后，先后入学献钟中学、平江县第一中学，并考上哈尔滨工业大学。他印象中的胡老师是这样的：

今年北京的雪来得比往年更早，窗外漫天飞雪，让人感觉无比宁静、祥和，顿时有了在老家快要过年的气氛。这样一个大雪纷飞的日子，让我仿佛回到了童年的美好时光。已经一年多没回老家了，前些天答应肖老师写一些关于我的启蒙老师胡老师的回忆片段，今天正合适。

胡老师是我的启蒙老师，他教我们的时候，还是个年轻、清瘦的小伙子，我们这些刚踏进学堂门槛的小毛孩儿还是比较怕他的。胡老师也是我们同村的，我们生怕干了什么坏事，被他告诉家长，那可就没有好果子吃了。但大部分时候我们都把他当成大哥哥。

记得有一年冬天，也是下雪天，对于我们这些生在南方的孩子来说，下雪可是难得的撒欢机会，一到冬天就都盼望着下雪，可以打雪仗、堆雪人，穿着雨靴在雪地里疯跑。孩子们到了学校，鞋几乎已经湿透了，裤子也湿了。可能胡老师早就料到我们是这样的情况，那天等我们湿漉漉地跑到学校，已经在他那并不宽敞还四处漏风的办公室，给我们生了一个大大的炭火盆。他把每个孩子衣服、鞋子上的雪水都擦拭干，然后让孩子们围在炭火盆旁边，把手脚都烤暖和，把衣服和鞋子烘干了，一个个重新穿戴整齐，他才带我们回到教室。

那时我们都才七八岁，还小，并不是很能体会胡老师对我们的爱，只是觉得有胡老师在就好。现在看来，那个破旧的学校就像家一样让人感到踏实、安全，我们都很想再去上学。虽然时光已经有些久远，现在回想起来心里依然感动和温暖。

我们这个小学是村里的学校，孩子不多，每个年级只有一个班，所以那时有一个让我疑惑不解的问题：为什么作业本的封皮上除了印上“××年级”，后面还要跟着“××班”呢？这不是多此一举吗？现在把这个小故事讲给我儿子听，都惹得他乐不可支。是啊，他现在所上的学校，一个年级就有十几二十个班，咋能理解爸爸当年的困惑呢？

那时，整个学校总共也就四五个老师，有的老师家住镇上，早晨需要骑自行车来学校，那时的乡村没有柏油马路，只有一条比较泥泞的乡间小路，有的老师在路上遇到麻烦了，会迟到。可那时学校都没有电话，更不用提手机了，等到上课的时候才知道老师还没到。这时胡老师就开始教两个年级，往往是先教完低年级的班就让大家做作业，然后到高年级的班上去上课，这样孩子们的功课就不会耽误。后来长大了些我们才知道，胡老师还托人去打听没来学校的老师是什么情况，如果是路上耽搁了还好，晚些时候就到了；如果是老师突然生病了，胡老师就一个人既教语文又教数学，既当爹又当妈的日子得持续好些天。

我们这些孩子又都是捣蛋王，胡老师离开去教其他年级的时候，我们就在教室里疯跑、傻跳、打闹，直到有人看到胡老师回来了，就赶紧溜回座位，装模作样端坐起来，那个时候根本不能理解胡老师的辛苦。

在我们这个小山村，童年是自由快乐的。每天早晨，我们去上学的那条小路，旁边是被雾水浸湿的小河，燕子从头顶成群飞过，绿油油的稻田生机盎然，家家户户炊烟袅袅升起，各种树木穿插分布在村子各处，身后是云雾缭绕的连云山脉。我们听着潺潺的流水声，跑过河边一排排的杨柳……周围的风景简直就是一幅美丽的山水画。夏天，水中嬉戏成为我们这些孩子的最爱，我们最喜欢无拘无束地打水仗、狗刨式游泳；中午的时候，三三两两的同学就从学校偷偷溜到小河边，有的在河里抓鱼，有的爬上树杈……每当这个时候，就会看到胡老师的身影，总能听到他严肃地叫大家回学校，那时只觉得胡老师扫兴，长大后才体会到他对我们安全的担忧，因为小河里有比较深的水坑，他怕孩子们不小心掉进水坑。顶着炎炎烈日，胡老师经常跟着我们跑一路走一路，河边、小路、田间都洒下了胡老师追赶的汗水。

我们上小学六年级后，胡老师便不再教我们了，但他只要碰到我们，还是忘不了鞭策我们好好学习、天天进步。那时还没有九年义务制教育，要去镇里上初中是需要考试的，没考上就只能辍学。我记得胡老师当时跟我们说得很朴实，他说：“如果你们不好好念书，考不上初中，以后就得上山去砍柴、去放牛。”还是孩子的我们也没觉得读书有多么重要，也不懂得两害相权取其轻，只是觉得无论砍柴还是放牛都不是件美差，山上有黄蜂蜇人、有蚊蝇叮咬，于是想想还是认真点读书吧，争取考上初中。就这样，我不仅考上了初中，后来还考上了县里最好的高中，直至考上

985高校，来到北京成家立业，并有机会外派美国微软总部，见识了千姿百态的世界……

多少年过去了，胡老师在我们山村的学校启蒙了一批又一批的孩子，用身体力行的方式，在我们这些懵懂的孩子童真的心里播下了一颗颗梦想的种子，在我们一生的生活和工作中，鞭策和激励着我们做良好公民，而他一辈子都奉献给了那所山村小学的三尺讲台。在我心里，胡老师的人生是成功的，他的身影，如同村庄后面巍然挺立的连云山脉，值得我们敬仰。

胡厚兴的学生余金洪，在小岩小学就读时叫余金金，湖南平江加义镇人。在家乡接受启蒙后，他先后入学献钟中学、平江一中，考上湖南师范大学，学汉语言文学专业，现在平江一中任教。他心中的胡老师是这样的：

我的家乡平江，有人说她是蓝色的，屈原与杜甫魂归之处，“蓝墨水的上游是汨罗江”，余光中将其定位为“中华民族精神文化源头”；有人说她是红色的，30万平江儿女为中国革命献出了生命；有人说她是绿色的，有着绝佳的自然生态环境，奇山秀水，秀丽天成。平江是红色革命地区、全国四大将军县之一，而我的家乡加义镇曾经发生过震惊全国的“平江惨案”，新四军上校参谋、中共江西省委副书记涂正坤在这里遭反动派突袭杀害，英勇就义。山水有灵，英魂不灭，在这红蓝文化底蕴中，连云山下的加义镇一直延续着推文崇武、耕读传家的文化血脉。

1992 年，我 6 岁，到了适读年龄，准备上学了，可是我之前没有上过幼儿园，我的爸爸是个憨实农民，忙于农事，在秋季开学两天后，才在家人的催促下，开启了我的启蒙读书之路。

我的家住在连云山上，连云山是湘北名山，抗战时期，驻扎过八路军，同时又因山高连云，有“连云山上山云连”的村对，至今无人对上。从家出发，走六七里山路下到村子里，再走上三四里，才到小岩小学。小岩村像一个葫芦，装着大大小小、老老少少 2000 多人。小岩小学在“葫芦”中间的一个小山包上。这小山包左边青龙山形蜿蜒，右边玄武山形高耸厚重，两边青山相抄，护住一溪碧水脉脉流淌，滋养灌溉着这葫芦中一方小小天地。而这小岩小学所处之高，左右青龙玄武山势相护，隐约还有些“四面云山谁做主”

的地脉运势。小岩小学依山势而建，三面通行。三进草砖瓦房排开，一溜儿的篾纸糊窗，加上木门老旧，给人摇摇欲坠之感。

第一次见到胡老师，胡老师上身穿着的确良短褂子，不黄不白，底料可能是白的，但经过长时间的浆洗，褂子显出一层旧色来；下身着卡其布裤子，一双皮鞋。他身形不高大，难生出威严之相，给人一种平易朴实之感；人虽然不高，但罕见地长了一副络腮胡，虽然刮净，但脸上总带有沧桑沉毅味道。

一到课堂，胡老师整个人的精神气质截然不同，虽然语气依旧慢条斯理，却隐约透着一股威严。他侃侃而谈，颇有些地方老先生的风采。在我记忆里，他能将家乡草木、地理天文、神仙鬼怪一一说来，让我敬佩不已。为此，胡老师也获得了全班同学的敬仰和尊重，同学们以老师为偶像。胡老师兢兢业业地教育着我们。学习上，同学们特别喜欢胡老师春风化雨般的讲解，他总以提问的方式开场，以鼓励的方式肯定同学们的表现。很多时候，胡老师在我们心中成了比爸爸妈妈更值得信任的人。

胡老师关心我，关心每一位学生。班上有一位同学，家里条件艰苦，带饭来校，没有在食堂热饭；因为在食堂热饭，要么交米，要么交柴。胡老师见他吃不上热饭，菜式十分单一，于是交代那位同学和胡毅（胡老师的儿子，和我们同班）一起吃，这也成为我们十分羡慕的事情之一。后来，那位同学出于家庭原因，早早地决定不读书了，胡老师多次家访，对他的家长做了大量工作；甚至有一次，家长来到学校，胡老师与其据理力争，声音从办公室传到了教室，后来那位同学在家休息了一个星期，还是乖乖地来到班上。直到胡老师离开小岩小学，那位同学还是坚持将小学读完。长大后，同学间联系的时候，言语中，他对胡老师十分敬仰，十分感激。

虽然胡老师在寒暑假也下地劳作，但他的斯文和素养又让他看起来和别的农民不一样。在我的印象中，胡老师总是一副温文儒雅、谦谦君子的模样。不过在我读二年级时的一件事情上，我又看到了胡老师的勇毅。

我们的教室外面，有一棵古树，那树冠早已光秃，顶上盘踞着一个硕大的蜂窝，有一天，一只马蜂从窗户飞进来，在一位同学头上蜇了一针，掀起一场“人蜂大战”。下课后，同学们抱着仇恨的心理找到各种各样的工具对蜂窝进行攻击，但蜂窝居高临下，我们鞭长莫及。终于有一天，一位大个子同学用一块大石头击中了马蜂窝。一瞬间，马蜂全部出动，竟在树巅形成一团黑云，然后四散乱飞，不少马蜂像小型轰炸机俯冲下来，冲撞到教室窗户上。我们的教室窗户是篾条编织、用白纸糊的，虽然教室前后门早已关死，还是有几只马蜂突破防线，进入教室。

正当同学们乱成一团之时，胡老师出现了，他对同学们大声说："马上蹲下，躲到桌子底下。"说完，他脱下外套，左甩右甩，将几只马蜂全部"击毙"。同学们惊魂未定，胡老师仔细检查，确认每一个人都没事，这才长舒一口气。

这一次，胡老师难得显出严肃且威严的样子，这在平时是很难见到的。他将学生们聚集在一起，郑重其事地说："马蜂是蜂类中最危险的一种。马蜂有强烈的护巢本能，有些马蜂甚至有领域意识，因此不要轻易靠近马蜂窝，更不能主动攻击或挑衅蜂群。如果被马蜂蜇一下，很有可能鼻青脸肿，甚至进医院。同学们要敬畏自然和生命，不要玩危险的游戏。"

同学们都纷纷回答："知道了，老师。"

当天下午，胡老师就和学校的几位老师联合附近村民，想方设法将蜂窝除去了。至此，我们对胡老师的尊重和敬佩又多了几分。

余金金家距离学校远，有一天放学时，余金金背起书包急匆匆起身就跑，操场上水泥地面凹凸不平，他一不留神，摔了一跤，右脚脚趾撞到一个凸起的石头，顿时鲜血直流，疼得大叫："胡老师——"

胡厚兴立刻扶起余金金，把他放到自行车上，载着余金金到四里外的曾医师诊所包扎。他们回到学校时，天都黑了。余金金父亲见余金金一直没回家，就到学校来接，得知情况后，对胡厚兴千恩万谢。

每年除夕，在连云山外工作的学生们从五湖四海回到连云山，大家相约着来到胡厚兴家，看望他们的恩师。无论岁月的风吹过多少年，师生们在一起总有说不完的话。

过了正月十五，村里人按照习俗，请胡厚兴去家里"吃春饭"。家长们的邀请从正月排到了二月，好像胡厚兴就是家里人一样。

胡厚兴都推辞了。

余金洪 2019 年送教下乡

余金洪 2020 平江县师德师风演讲

9
60 年只去过长沙、南昌、北京

湖北省咸宁通城距离连云山大岩村 110 公里，胡厚兴没去过；江西九江修水县距离大岩村 115 公里，胡厚兴没去过；更别提距离大岩村 770 公里的广州市“小蛮腰”新电视塔，距离大岩村 995 公里的上海市东方明珠广播电视塔，距离大岩村 3230 公里的拉萨布达拉宫了。胡厚兴想都没想过。

胡厚兴第一次走出连云山，是到湖南长沙。

时间：1997 年秋天，胡厚兴 35 岁

那时，每周休息一天半。周六，胡厚兴上完课，于 12 点 10 分准时赶到献钟中学，同加义学区 30 多位老师一起上了大巴车，前往长沙。

听说长沙世界之窗 1995 年建成，是一座融合世界各国建筑奇观、五洲风情歌舞表演、大型器械游乐、先锋时尚活动、影视拍摄基地于一体的综合性大型主题公园，也是华中地区最大的文化主题公园。能去一游，胡厚兴心花怒放。

路上，汽车里播放歌曲《浏阳河》：

浏阳河，弯过了几道弯？几十里水路到湘江？江边有个什么县哪？出了个什么人，领导人民得解放啊咿呀咿子哟？浏阳河，弯过了九道弯，五十里水路到湘江。江边有个湘潭县哪，出了个毛主席，领导人民得解放啊咿呀咿子哟……毛主席像太阳，他指引着人民前进的方向。我们永远跟着毛主席哎，人民的江山万年长啊咿呀咿子哟……

原来长沙世界之窗就在浏阳河畔。胡厚兴非常崇拜毛主席。当汽车越来越接近长沙东北郊区，靠近浏阳河时，胡厚兴通过车窗往外看，在阳光照射下，河面波光闪动。中国如此之大，名山秀水不计其数，只有浏阳河因伟人毛主席而名动天下。华夏山河荡气回肠，独有《浏阳河》深入人心。浏阳河转瞬间闪向车后，胡厚兴的心，随着汽车的行进，随着浏阳河的波浪而起伏。汉语“浏”意指水流清亮的样子，发源于罗霄山脉大围山北麓的浏阳河，似乎就是大围山流下的一道清亮的水。

很快就到了世界之窗。胡厚兴和老师们一起欣赏了园内众多世界知名建筑、雕塑等微缩造型，如法国卢浮宫、埃及金字塔、德国新天鹅堡、缅甸仰光大金塔、意大利比萨斜塔、法国四大喷泉、悉尼歌剧院等。在胡厚兴看来，这座汇集欧洲、东方、西亚园艺风格的主题公园，赏心悦目，那么多充满异国情调的著名建筑以微缩的形式呈现于世界之窗，使他产生了一种周游世界的感觉。一天的游玩很快结束，晚上 8 点，大家意犹未尽地坐大客车返回。胡厚兴 10 点多到家。

胡厚兴除了这次游玩，还有七次到长沙：第一次是 1984 年冬天他陪一位药店的店员一同前往长沙购药；第二次是 1996 年去中南大学湘雅医院治胸部胀痛；第三次是带堂兄胡裕兴到肿瘤医院看病；第四次是陪同舅母去中南大学湘雅二医院做胆结石手术；第五次是他本人去湘雅三医院治疗咽喉炎；第六次是去湘雅医院做咽喉炎复诊；第七次是2016年12月去参加第十届运达乡村教师奖颁奖典礼。

胡厚兴第二次出远门，是到江西南昌。

时间：2005年秋天，胡厚兴43岁

9月的一天，胡厚兴家接到邮政局递来的一张大学录取通知书，二儿子胡毅被江西信息应用职业技术学院录取。家里出了一位大学生，应当高兴才是，可胡厚兴没有。胡毅本人也没有。

胡毅上学时，胡厚兴曾无数次要求胡毅好好学习，争取考上师范学院，和他一样，当一名老师。胡毅这边耳朵进，那边耳朵出，根本不听。

胡毅印象最深的是四五岁时，母亲干农活儿、做家务、喂鸡鸭鹅、喂猪牛羊，父亲在学校教书，胡毅和哥哥没人管，经常被关在房间。

胡毅还听哥哥胡迎春说过一件事：

献钟距离大岩村5.4公里，成人步行需要75分钟左右，骑自行车需要30分钟左右。哥哥胡迎春在献钟小学上六年级时，有一次放学后与同学吴块青等值日打扫卫生，打扫完教室、摆整齐课桌，天渐渐黑下来。胡迎春和吴块青沿着纯溪跑着回家，跑了一两公里路时，到了红石堰，胡厚兴骑着破旧的自行车出现在眼前，胡迎春高兴极了，往车后座一跃而上：“爸爸，我就知道你会来接我……吴块青，快上来。”吴块青刚坐上去，车头翘了起来。

胡厚兴对胡迎春说：“你下来，块青家比我们家远，还有十多里，我先送他回去。”胡迎春不情愿地下了车。过了许久，胡厚兴返回接胡迎春，看到其他学生，又让胡迎春继续自己走，而胡厚兴一趟又一趟地送学生们回家。待胡厚兴接上胡迎春回到家时，月亮出来了。胡迎春委屈极了，回到家就跟胡毅诉苦。

胡毅懂事后，发现父亲上完课还要上山砍柴、下地种田，他为数不多的工资为不少学生交了学费，但凡家里要用钱，就去借，紧巴巴地维持生计。父亲无时无刻不在教育胡迎春、胡毅兄弟俩生活要节俭。教师清贫的形象，深深刻在胡毅心中。当老师太苦了，说什么，胡毅也不愿报考师范大学。

接到录取通知书后的几天，父亲没一点笑容。胡毅知道父亲的希望落了空，直到要去学校报到，胡毅才觉得有些忐忑。

9月29日清晨，虽说进入秋天，但天气依然炎热，胡厚兴仔细地把行李检查了一遍，把头天晾凉的一壶水灌到大可乐瓶子里，将屋后的泥土捏了一撮塞进瓶口。这是防止水土不服的方子。胡厚兴几年都难得买一件新衣服，平时就穿旧衣服，只有一套压箱底的衣服学区开会时才穿，头天洗了晾在屋前场坪竹竿做的架子上。衣服早干了，妻子宋珍瑜收下来递给胡厚兴换。胡毅也换了一身新衣服。就这样，穿戴整齐的父子二人，一人拖行李箱，一人背包，往村口去坐三轮车到献钟，然后转乘长寿街到平江的大巴车到平江汽车站，乘上了开往南昌的长途汽车。

汽车沿着崎岖的山路上下颠簸。胡厚兴说：“青伢子啊，你一个人在外，凡事都要靠自己，最要注意的就是安全。”胡毅点点头，他曾用名“胡青春”，上学后才改名“胡毅”的。

“住集体宿舍，要尊敬老师、团结同学，不要羡慕条件好的同学，更不能偷东西、抢东西，绝不能做违法的事。”这样的话，父亲不知说过多少次了，胡毅默默地点头。小时候，他家屋后不远处的房子里住着一位年过花甲的老奶奶，母亲忙着砍柴时，胡毅兄弟俩没人带就被关在房间，老奶奶会送点东西给他们吃。老奶奶在屋旁种了几棵板栗树，到了板栗成熟的时候，邻家的小孩子就去偷偷摘了吃。胡毅清楚地记得老奶奶送板栗的一幕。老奶奶每次都是摘好了送到胡家：“厚兴哪，你家教好，就只有你家两个伢子不偷东西吃，我送些板栗给伢子们吃嘞。”

“任何时候都要保持清醒，遇到事情要动脑筋灵活处理，”胡厚兴继续唠叨，“我这辈子就这样了，也没啥出息。你们兄弟俩多到外面闯闯，看看外面的世界也好。”

胡毅说：“爸，你放心吧，我会好好学习的。”

辗转一天，父子俩到达南昌时，太阳已下了山。两人又累又饿，胡厚兴在路边买了几个包子，就着凉水，父子俩填饱了肚子。夜幕降临，距离学校还很远。无奈之下，他们叫了一辆出租车。这是胡厚兴父子第一次“打的”。胡毅心里有些害怕：天都黑了，会不会遇到坏人呢？他悄悄看一眼胡厚兴，见父亲脸上并无惧怕神色，才放心地随同父亲上了车。

天越来越黑，学校的灯光在前面闪烁，终于到学校了。父子俩到学院办完手续，来到学生宿舍楼。先来的同学很热情，帮他们将东西放好。其中一位同学说：“叔叔，您睡我的床吧？”“那你呢？”“我和其他同学挤一挤。”

看来儿子的同学都挺懂事的。胡厚兴心里有些安慰。

第二天，胡厚兴对胡毅说：“青伢子，我去买车票，如果没买到再回来住学校。”

胡毅说：“吃了饭再回吧。”

胡厚兴说：“我不饿。”

胡毅说：“那怎么行，走，一起吃碗面条去。”两人到了饭馆，胡毅点了一碗牛肉面，胡厚兴不要，扭头问老板最便宜的面几块钱。

胡厚兴要了一碗四块钱的面，里面除了面条，就是清汤。吃完，胡厚兴就上了公交车。

望着父亲的背影，胡毅心里难受极了，他真想告诉父亲，自己并不是排斥当老师，父亲在村里德高望重，村民都喜欢父亲、信赖父亲，他内心里对父亲是特别敬仰的，只是他此生不想过得像父亲那样清贫。

直到公交车拐了弯，胡毅才返回学校，一个人沿着操场走，实在忍不住，躲在操场一角哭了。

若干年后，35 岁的胡毅想起少年时的叛逆，非常后悔。父亲对他的爱如此深沉，而他并没有达到父亲对他的期望，内心一直觉得亏欠父亲。如今，他 8 岁的女儿胡馨聪明伶俐，乖巧可爱。胡毅有个愿望，希望女儿长大后当老师，那就完成父亲的愿望了。

胡厚兴第三次走出连云山，是上北京。

时间：2017 年夏天，他 55 岁

要去北京的消息，是岳阳市平江县加义学区副主任程永清通知的。岳阳市各学校共 60 位老师一道前往北京参加为期七天的研学活动，胡厚兴名列其中。那七天，胡厚兴记忆犹新。

接到通知，胡厚兴很高兴，此生他还没坐过火车，听说这次是乘坐高铁，50 多岁的胡厚兴竟像个孩子似的，抑制不住内心的激动。

“珍瑜，我要上北京了。”

“是吗，那太好了，什么时候？”

“就在这个月中旬。”

妻子宋珍瑜羡慕地说：“那你可以去天安门广场，还可以上天安门城楼啦！”

“是啊，我还要到毛主席纪念堂，去人民大会堂，还想去故宫、颐和园，登长城……”

这一夜，胡厚兴失眠了，他盼着，尽快登上去北京的列车。

那一天终于到来。7月18日，气温高达38摄氏度，胡厚兴一点儿不觉得热，收拾好行李后，他默默站在堂屋，凝视着墙上挂着的毛主席画像，在心里说：“毛主席，今天我就要上北京去看您了。”

胡厚兴会同加义学区黄花教学点的何三安老师打了一辆出租车来到岳阳高铁站。吃完午饭，岳阳市教育局钟诚科长已经在那儿守候了。跟在钟科长身后的，还有一位导游，他将全程负责老师们生活方面的事宜。

一行人在候车大厅等了一会儿，大约下午2点上了高铁。列车启动后，只见车速表上的数字由每小时几十公里很快升到100多公里、200多公里，不到五分钟就到了300多公里，最高时速350公里，可车内非常平稳，使人感觉不到车在行驶。胡厚兴拉开窗帘，窗外的景物简直像离弦的箭一样往后飞。

很快，就看到武汉长江大桥，胡厚兴想到了毛主席的一句诗词：一桥飞架南北，天堑变通途。列车继续风驰电掣地飞奔着，胡厚兴透过车窗，眺望远处，只见山上的风车整齐地排列着，风车叶片缓缓转动。下午5点30分，乘务员送来了香喷喷的盒饭，有白米饭，还有红辣椒炒肉、牛肉干、花菜等美味佳肴。“这真是一种难得的享受，以往是我们为别人操心，今天是领导为我们操心，真是幸福。”老师们开心地议论着。

晚上7点左右，高铁抵达北京西站。胡厚兴想起1972年，他10岁，有一次跟随祖父去20公里外的周方村走亲戚，他们清早出发，到傍晚才到，整整走了一天，腿脚都走疼了。可今天，从岳阳到北京1335公里，一个下午就到了。胡厚兴感叹科学技术的力量是如此巨大。他们下车后，早有一名北京导游在出站口等候。胡厚兴等一行60人，跟随导游坐上旅游专车，到达北京三环路的蓝天宾馆。

第二天一早，大家在宾馆吃过早餐又坐上专车，前往北京市大兴区第二小学参观，学校陈副校长接待了他们。陈副校长是一位教学专家，听了钟科长介绍这次来的老师全是单师学校的校长后，惊讶地说："今天很荣幸地见到各位校长，以前听说过乡村小学有一个人包一个班全部课程的情况，还要当班主任，都不敢相信。刚才听到钟科长的介绍，你们不但是一个人包一个班，而且是包一个学校，我很感动，真是无法想象你们的工作是怎么开展的……"

虽然学校暑假期间孩子较少，但胡厚兴明显感受到此校的学习风气浓厚：走廊楼梯间的每面墙上都有学习专栏，每间教室里都有图书角，走廊上每隔一段就有供学生休息的条凳，每条凳子旁边还有一个书架，书架上整齐地摆放着各类书和报刊。胡厚兴不放过每一个细节，心里默默记下来，思忖着，哪些方面能借鉴到大岩小学。

下午，旅游专车载着他们前往北京市东城区，正阳门外东侧的天坛公园。胡厚兴还是在课本上了解过，天坛公园始建于明永乐十八年，又经明嘉靖、清乾隆等时期增建、改建，是明清两代帝王祭祀皇天、祈祷五谷丰登的专用场所。胡厚兴紧紧跟随导游，用心地听着讲解。

“天坛是圜丘、祈谷两坛的总称，有坛墙两道，形成内外坛，坛墙北圆南方，象征天圆地方。主要建筑在内坛，圜丘坛在南，祈谷坛在北，二坛同在一条南北轴线上，中间以墙相隔。圜丘坛内主要建筑有圜丘、皇穹宇等，祈谷坛内主要建筑有祈年殿、皇乾殿、祈年门……”

作为现存中国古代规模最大、伦理等级最高的祭祀建筑群，天坛利用建筑语言充分表达出我国古人对于自然的朴素理解和哲学思想。据说祈年殿内柱子数目是按照天象建立起来的：最里圈的四根寓意春、夏、秋、冬四季，中圈十二根寓意十二个月，最外圈十二根寓意十二时辰，一共二十八根，象征天上二十八星宿。胡厚兴在心里感叹着古代劳动人民的智慧。在回音壁，同行们纷纷趴到墙壁上，开心地互相喊话；据说站在三音石第一块石板上，凡击掌就能听到一声回音，第二块有两声回音，第三块有三声回音。只可惜游览的人太多，这样的特效听不到。导游说，站在天心石上讲话声音会变得浑厚，古人认为在这里许愿能直达天庭。胡厚兴避开发声，选择拍手，果然听到了洪亮的回声。胡厚兴觉得这些声学现象太奇妙了。

第三天，胡厚兴和同行们一起去了国家科技展览馆，在那里感受到中国的进步，感受到中国共产党领导下科学技术的飞速发展；特别是交通运输，已从旧时的马车发展到今天的高速和谐号、飞机、宇宙飞船。参观这些，胡厚兴直觉心旷神怡。下午，大家参观了清华大学清华园，门前人山人海，排很长时间队才进去。园里风景优美，充满文化气息。清华园工字厅后面的匾额题着“水木清华”四字，两旁有一副对联：槛外山光历春夏秋冬万千变幻都非凡境；窗中云影任东西南北去来澹荡洵是仙居。胡厚兴拿出手机拍了下来。

第四天，举办方组织大家一起参观颐和园和圆明园。胡厚兴和同行们共同目睹了帝国主义破坏留下的残痕，看到了排云殿的雄伟，眺望了昆明湖的全景，乘坐游船来到了十七孔桥。大家谈笑风生，不时拿起手机记录下难忘的时刻。下午，大家一起来到王府井商业街，观看了古老的建筑，品尝了著名的北京烤鸭，参观了北京古代民居，欣赏了国粹京剧表演，体会了北京的风土人情。北京胡同游留在胡厚兴心里的印象很深。

第五天，胡厚兴登上了天安门城楼。眺望天安门广场，他感觉自己好荣幸、好幸福。新中国开国大典，伟大领袖毛主席曾站在这里向全世界宣告中华人民共和国成立，从此人民翻身做主。胡厚兴感慨万千，正是因为有了中国共产党的领导，中国人民才有今天的幸福生活，而他，才能有这样的机会到北京城，才会这样幸运地登上天安门城楼。

这天，胡厚兴和众位老师还参观了人民大会堂和故宫博物院。

第六天，游览计划是登长城。大清早，天公不作美，他们的专车刚到长城脚下，就下起了雨。老师们顶着雨登上长城，雨越下越大，好多人没带雨具，被迫在炮楼中躲雨。后来因时间到了，车辆要返回，胡厚兴没登上顶峰，只好心存遗憾地离开，追赶队伍，在长城脚下买了点纪念品就上了车。下午他们还参观了奥运村鸟巢体育馆。这天晚上，带队的钟科长要求老师们每人写一篇研学活动体会。胡厚兴感觉这几天真是大开眼界、体会多多，欣然提笔写下研学体验。这次来北京，因毛主席纪念堂正在维修，所以不能前往瞻仰伟人毛主席，这是胡厚兴最大的遗憾。

第七天，一大早，胡厚兴和同行们登上回岳阳的高铁。胡厚兴注意到列车上气温显示为 28 摄氏度，抵达岳阳时，显示为 38 摄氏度。走出车站，大儿子胡迎春早已在高铁站广场的树荫下等候他了。

胡厚兴回到家，妻子早已做好了饭菜。他从行李箱里取出各种毛主席像章，递给妻子宋珍瑜："你看看，多么珍贵。"

宋珍瑜说："好精致。"

"我们是坐高铁去、坐高铁回的。"此行太多的见闻，胡厚兴都想说给宋珍瑜听。

宋珍瑜也很兴奋："快告诉我，坐火车是什么感觉啊？"

妻子跟着他一辈子都没出去过，胡厚兴心里有点酸，不知怎么回答。

"快告诉我呀，到底是个什么感受？"宋珍瑜追问。

胡厚兴说："等你坐了，就知道了。"他想，退休后，一定要带妻子走出大山。

此后，没有了。胡厚兴再没走出过连云山。闲暇时刻，胡厚兴会时不时地反复回忆曾经的行走。现在他老了，身子骨不允许他出去了。

（为保护隐私，文中大部分学生用的化名）

2017 年在鸟巢前留影

2017 年同行的老师们在天安门前合影

四世同堂全家福

后　记

“大岩小学如果不是胡老师坚持教书，教学点就会取消，教学点取消，伢子们就没办法接受启蒙了。胡厚兴很不容易的。”81 岁的老书记刘慕清对我说。我从纯溪边经过时，刘书记正一个人背着手往前踱，手里捏着一把萝卜干，时不时放一根到嘴里嚼几下。他个子不高，戴顶黑色帽子，遮不住鬓角的白发，脚穿一双解放鞋，身体健朗。20 世纪 60 年代，他曾担任大岩村书记，提起胡厚兴，他再三说：“应该写写胡老师。”

“一般的老师不愿来这里教书，只教十几、二十几名学生，太苦，又没意思，坚持不了。特别是年轻时，待在这个地方，多寂寞呀。我想象不出胡厚兴是怎么过的。只能说明胡老师对老区怀有深厚的感情，有一种精神在支撑他。如果没有支柱，谁也坚持不了。40 多年了，什么都在变，只有胡厚兴没变，他是一位好老师，很了不起嘞。”72 岁的危练仁曾在大岩小学当过一段时间语文老师，算起来，他也是胡厚兴的启蒙老师。后来，他调到县里，今天回村里办事，刚巧被我碰上。危老师的女儿是胡厚兴第一批学生中的一位，危老师的儿子也是胡厚兴的学生，现任广州一家公司董事长。

献钟小学原党支部书记兼副校长曾国民和胡厚兴是平江十三中的同学，他说：“现在的老师都不太愿意教低年级学生，因为学生太小、不懂事，说深奥了，他们不懂，必须用孩子们感觉天真的话语去说。带低年级学生，无论哪个方面都要花费更多的精力，胡老师每一年都要收新生启蒙，很难得啊。”

59 岁的村支书黄明珠去年卸任，现还在村部，她向我介绍，连云村是 2016 年由原连云村与大岩村合并而成，村域总面积 26.43 平方公里。村辖 18 个村民小组，453 户，户籍人口 1666 人。经济以农业、林业、旅游业为主，主产水稻、木材、楠竹。连云村充分利用地理、资源优势，大力发展旅游产业，并依托景区精心打造集旅游观光、红色教育、娱乐休闲、民宿农家乐、特色种植业等于一体的旅游产业链，全力发展旅游文化，打造美丽乡村的理想之地。黄书记陪我一起上了连云山，游了纯溪小镇风景区；疫情期间纯溪小镇没对外开放，只有我俩在寂静的山谷和溪水间穿行。她与胡老师是小学同学，她说："胡老师不喝酒、不抽烟、不打牌，从不参与赌博，不到外面玩，除了教书，就是上山砍柴，帮妻子喂牛、喂羊、种田、做家务。他是一位好老师，教什么都很优秀。"

有人向我回忆：2019年秋天，岳阳市"奖教基金会"一位领导听学区李梓梁副主任介绍胡老师在这所学校工作了40多年，便继续问他的年龄和参加工作的时间。当胡老师告诉她之后，她激动地说："要在这样的岗位上工作几十年，只有我们60年代出生的人才能坚持，才能如此地认真工作。"她在教室里与学生交流之后，看到孩子们识字的乐学情景，听到孩子们的热情称呼和礼貌用语，感受到了孩子们对学习的热爱和山村教育事业的发展状况，不禁感叹："胡老师这样为山村教育作出的贡献，真是功德无量。”

…………

胡厚兴从事教育工作 43 年，获得过无数奖项，他所教的学科多次荣获乡镇统考教学质量优秀奖，所带班级屡获优秀班级奖，学校工作经过学区考核多次被评为优胜单位、先进单位。

胡厚兴于 1981 年和 1985 年分别荣获献冲公社和加义区立功奖；1987 年他在大岩小学担任校长时，曾代表平江县加义镇接受湖南省普及九年义务教育验收，各项工作合格，受到了省验收团领导和专家组的好评；同年，晋级为小学一级教师；1996 年被评为平江县优秀老师；1997 年晋级为小学高级教师（相当于现在的中小学一级教师）；2002 年被评为平江县优秀班主任；2008 年 9 月获得岳阳市单人执教学校教师鼓励奖；2012 年被评为运达平江乡村优秀教师；2013 年被评为岳阳市优秀班主任；2014 年被评为平江县师德标兵；2016 年被评为平江县优秀班主任，并获第十届运达乡村优秀教师提名奖；同年，荣获教育部、人力资源和社会保障部颁发的“从事乡村教育工作满三十年”荣誉证书；2019 年被评为平江县优秀教育工作者；2020

年被评为平江县师德标兵；2021 年 11 月晋级为中小学副高级教师；2021 年荣获中国青少年发展基金会第七届“TCL 希望工程烛光奖计划”奉献奖，主办单位两次通知他分别到上海、深圳参加颁奖典礼和培训，都需要一个星期，因找不到合适的代课老师，胡老师放弃了领奖。

我一直问胡老师要他获奖的证书和名录，他一直没发给我。直到过春节小儿子胡毅回来，才从家里柜子、抽屉等各个角落翻出来。这些荣誉是对胡厚兴的鞭策和鼓励，以胡厚兴的资历和能力，完全可以开拓一片更广阔的人生天地。

但，他没去争取。

有人问：“很多人都跳到规模大的完小当校长、当教导主任，胡老师您教书水平这么高，为什么不想办法去重点学校、大学校？到大学校，就可以拿更高的工资，就不受穷了。”

胡厚兴说：“反正都是教书。我也不是不上进，教书，就是把孩子教好，如果这里跑那里跑，教不好书的。”

2016 年，他荣获第十届运达乡村优秀教师提名奖时，湖南电视台公共频道记者曾来大岩村拍摄专题片。加义学区的喻主任全程衔接有关事宜。无人机在天空盘旋，只知道是从学校里飞出来的，不知道无人机在拍什么，一群村民感到新奇，聚到学校门口。

“领导，这是干什么？”

喻主任说：“胡老师得了先进，省电视台公共频道来拍他的故事。”

村民们说：“这次先进你们没评错。”“是啊，评胡老师就对了。”“早就该评了。”

喻主任后来对胡老师说：“我不知道您有这么高的声誉，村里人对您有这么高的评价。”

有人说胡厚兴傻，不懂得去创造更多的效益。有人说胡厚兴聪明，他教的学生到了完全小学读书，个个基础好；他的教学法，被人引用。

60 年来，胡老师只去过三个城市，我问他是否遗憾。

胡老师若有所思，好久不语。我以为他不想说，或者发不出声。等了许久，他才慢慢说：“没出去，也还是不遗憾，至少我没耽误孩子们，就是这一点，就不遗憾。”

过了许久，他对我说：“我们这样的单人执教学校，在教育战线虽然是最底层的岗位，但是领导们还是比较重视的，加义学区每一任学区主任都会亲临学校指导工作，平江县教育局的好几位副局长，也曾亲临学校指导工作。在教师节到来之际，加义镇奖教基金会领导和学区领导都亲临学校慰问我们。岳阳市奖教基金会领导也三次来学校慰问，并每次给我们发奖金，从 2017 年开始发放武陵山区补助。2021 年上学期开学，我因脚痛上下楼都很吃力，之前我没告诉学区领导，学区领导在督查学校工作时发现了，后来又专程到学校来看望我。领导的关心，让我感到很温暖。”

又过了许久，他的脸上露出一副欣慰的表情，说：“一届又一届学生离开学校后，他们对我还算感到满意，家长们觉得把孩子交给我放心，对我的教学感到满意，我也就感到了满足。尽管社会上很多人名利双收，但我的职业和岗位是不可能跟人家去攀比的。很多人问我为什么把微信昵称取名‘清贫阁’。其实，从事教育工作必然清贫。教育战线工作是艰苦的，只有一个复式教学班的教学点是最难坚守的，但只要我努力了，做好了，也是一种乐趣、一种幸福、一种快乐。”

说完，他像个孩子似的笑了。

别人给他的些许温暖，他都记在心上，并感恩。

40多年来，因生源不断减少，当年大岩小学的许多同事均陆续调离，只剩下胡厚兴一人。他放弃了许多外调机会，依然坚守在此，以一颗不变的初心和常年优异的教学业绩，撑起这所山村学校。胡老师说，一想到总是要退休的，内心就有一种难舍的感觉。他希望永不退休，那样就可以一直在连云山的学校里教书。

在胡老师的个人总结里，他这样写道：

43年的教学生涯，我从未有过放弃教师工作的想法。我在这个乡村小学教了一届又一届，有的甚至一家三代都是我的学生，特别是随着生源减少，这里变成了一师一校的教学点后，我要为这些乡村留守孩子点亮一盏未来的灯……我始终把师道作为我的尊严，我以师表做学生的镜子……要带好学生，首先必须从严要求自己……我要求学生做好的我必先做好，要求学生按时上学，我自己从不迟到。在这个五彩缤纷的时代，当有人开玩笑讥讽我时，我依然很自豪，因为我是教师，是孩子们梳理品行的镜子，我必须保持清亮。

我独自走在连云村，满耳听到的，都是对胡老师的赞扬。我问过村里不少人，胡老师的缺点有什么。

有的低下头想，有的偏着头想，有的皱着眉头想，然后都对我摇头。

我想，也许他的缺点就是“别人的事情才是事，自己的事情不是事”吧。

我要离开连云山了。前一天，到大岩小学跟同学们告别时，同学们又像我来时那样，向我奔跑过来，并问我：“肖老师，能不能留下来？”得知我不得不走时，就问：“什么时候能再来？”晚餐时，胡老师的孙女胡馨问我：“你为什么要走？能不能不走？”胡老师4岁的孙子胡云峰和胡宸峰（小哥俩年龄相差42天）也一齐跑到我面前学着胡馨的口气问：“你为什么要走？能不能不走？”

我无言以对。我在胡馨的铅笔盒里留了一张字条：好好学习，我看好你！她一到学校打开笔盒，就能看到。

胡馨的妈妈林丹特地请假送我，她告诉我：“胡馨躲在被子里哭了，她舍不得你走。”

回到武汉，胡馨同我视频，跟我约定，长大了，她要像爷爷那样，当老师。

这正是胡老师的希望。

2022年1月25日于汉口后湖

作者肖静（左）与胡老师夫妻

图书在版编目(CIP)数据

连云山的铃声 / 肖静著. — 武汉：湖北教育出版社，2022. 8
ISBN 978-7-5564-5379-5

Ⅰ. ①连… Ⅱ. ①肖… Ⅲ. ①报告文学—中国—当代
Ⅳ. ①I25

中国版本图书馆CIP数据核字（2022）第138692号

LIANYUN SHAN DE LINGSHENG
连云山的铃声

出品人　方　平
总策划　柯尊文　刘书慧
策　划　杨文婷
责任编辑　杨文婷
整体设计　金　菊　牛　红
排版制作　陈　玲
绘　画　一超惊人文化
责任校对　李庆华
责任督印　张遇春

出版发行　长江出版传媒　430070　武汉市雄楚大道268号
　　　　　湖北教育出版社　430070　武汉市雄楚大道268号
经　销　新华书店
网　址　http://www.hbedup.com
印　刷　武汉科源印刷设计有限公司
地　址　武汉市武昌区洪山侧路40号
开　本　880mm × 1230mm　1/32
插　页　4张
印　张　6
字　数　89千字
版　次　2022年8月第1版
印　次　2022年8月第1次印刷
书　号　ISBN　978-7-5564-5379-5
定　价　28.00元